AF444065

EL SER HUMANO Y SU REALIDAD MORAL

ExLibric

MANUEL ABAD VERA

EL SER HUMANO Y SU REALIDAD MORAL

EXLIBRIC

ANTEQUERA 2021

MANUEL ABAD VERA

EL SER HUMANO Y SU REALIDAD MORAL

AMORES OBSESIVOS

Prólogo

El autor ha pretendido enterrar algunos de los tabúes a los que nos han sometido los distintos Gobiernos mandados por las religiones, pero no deja de ser la gran hipocresía del ser humano intentando ocultar lo que en el ser humano es natural, aunque esto solo suele ocurrir en las civilizaciones occidentales y asiáticas.

Por todos es sabido que el comportamiento del ser humano es impredecible y que, por muchas leyes que le impongan, no son capaces de dominar sus deseos, porque la mayoría de las veces no los puede evitar. De todas formas, las cosas que a veces hacemos, para ciertas culturas, pueden parecer escandalosas, mientras que en otras les parecen naturales. Pero lo que sí es cierto es que muchas cosas consideradas en algunas religiones como pecado, muchas cosas de las que nos escandalizamos no dejan de ser tan naturales como la vida misma

1

Alicia pertenecía a una familia acomodada de Madrid, donde no le faltaban los caprichos; todo aquello que se le antojara lo tenía. Pero, al mismo tiempo, era una niña amable y amiga de sus amigas. Solía llevarse bien con casi todo el mundo, aunque tenía sus manías. Cuando se le metía algo en su cabeza, era difícil hacérselo quitar, aunque le hicieras entender que estaba equivocada. Esto le causaba muchos problemas con sus amigas y con su familia.

Sus padres no le daban importancia, sabían que algunas cosas de las que tenía en su cuarto no se las podían tocar ni mover de su sitio. La señora de la limpieza la conocía desde pequeña y la entendía muy bien; aunque estuvieran llenas de polvo, no se las podía tocar. Aparte de esas manías, la chica era noble y muy servicial.

Alicia era una muchacha muy agraciada de cara, rubia platino, medía uno setenta de estatura y tenía un cuerpo muy bien modelado. Con sus dieciocho años, llamaba la atención por la calle a todos los chicos, que le echaban piropos, pero ella siempre tenía una sonrisa en los labios.

Terminó el bachiller y quería estudiar Historia del Arte; todo lo relacionado con el arte le encantaba, sobre todo la pintura. Llevaba la mitad del primer curso cuando se encaprichó de un chico que estaba en la Facultad de Ciencias Económicas terminando el último curso.

Alejandro pertenecía a una familia de banqueros y quería seguir la saga familiar. Alicia hacía tiempo que le tenía echado el ojo y un día, sin pensárselo dos veces, a la salida de la facultad le salió al paso. El chico se quedó muy sorprendido, pues ni siquiera se había dado cuenta de ella, pero Alicia lo tenía estudiado. El pretexto de que le recordaba a un primo suyo le sirvió para hacerse conocer y entablar una conversación.

Alicia se dio cuenta de que de cerca era más guapo de lo que le parecía y además tenía los ojos azules. Desde ese momento, se dijo: «Este chico es para mí». Con su afinada dialéctica, se las arregló para verlo todos los días al salir de la facultad.

A Alejandro no le parecía mal, ella le agradaba y tenía una conversación muy amena. Esto le venía muy bien, ya que él era un poco tímido y no se atrevía a relacionarse con las chicas. Desde entonces no dejaron de verse, incluso hicieron las presentaciones de las familias y congeniaron muy bien.

Alejandro terminó su carrera de Económicas y empezó a trabajar en el banco de la familia. Con el fin de conocer la forma de trabajar de los distintos bancos, no paraba de viajar de una ciudad a otra. A Alicia esto no le gustaba porque deseaba estar con él a todas horas, pero no tenía más remedio que aguantarse.

Llevaban dos años juntos desde que se conocieron y ella cada vez llevaba peor los viajes de Alejandro. No hacía nada más que darle vueltas, buscando la forma de solucionar el problema. Le andaba rondando por la cabeza desde hacía algún tiempo una idea y, sin pensárselo dos veces, le dijo:

—Alejandro, ¿por qué no nos casamos?

Alejandro se quedó de piedra, ni siquiera se le había pasado por la cabeza tal cosa. No sabía qué decir, estaba mudo, pero ella lo sacó del susto que tenía:

—No tengas miedo, que no pasa nada, pero pienso que de esa manera estaríamos mejor. —Alicia pensaba que estando casada, podría controlar mucho mejor a Alejandro y estar más horas con él.

A él le daba miedo casarse, por temor a no responder como debía como marido, pero Alicia le quitó todos sus temores diciéndole que no tenía que estar preocupado y que ella se encargaría de que todo marchase bien. Esto le alivió un poco y no tuvo más remedio que aceptar casarse cuando ella lo decidiera.

Cuando los padres de uno y de otro se enteraron de la decisión que habían tomado, acordaron por parte de las dos familias que deberían mirar un piso en el centro de Madrid, como correspondía a su estatus. La pareja estaba de acuerdo y no tardaron en acercarse a una inmobiliaria para que tratase de buscar algún piso que mereciera la pena, con arreglo a lo que ellos demandaban.

En veinte días, ya tenían el piso apropiado para ellos. Se trataba de un piso en la calle Serrano de doscientos metros cuadrados, con una hermosa terraza, tipo ático. Le hicieron algunas pequeñas reformas y lo amueblaron a gusto de los dos, aunque siempre se impuso el criterio de ella.

Ya no quedaba nada más que fijar la fecha de la boda. Se reunieron los familiares y, entre todos, decidieron que fuera el día doce de mayo, por ser el veintidós cumpleaños de Alicia.

La boda se celebró en el Hotel Ritz de Madrid, en un acontecimiento superlujoso, como no podía ser menos.

Para el viaje de novios tenían previsto ir a Suecia, donde él había estado en dos ocasiones por asuntos de trabajo y le pareció un país precioso. Habían cogido un hotel en el centro de Estocolmo.

2

A la mañana siguiente, se fueron de paseo viendo las tiendas de moda y disfrutando del buen tiempo que hacía, cosa no muy frecuente en esos países nórdicos.

Entraron en una cafetería para tomar un café con unos dulces, cuando desde un rincón alguien les hacía señas para llamar su atención. Alicia fue la primera en darse cuenta, pero no conocía a la persona. La chica insistía y Alicia dijo:

—Alejandro, una chica nos está haciendo señas como si nos conociera.

Alejandro volvió la cabeza y vio a la chica.

—Anda, pero si es July.

—Ah, ¿la conoces? —le dijo un poco mosqueada.

—Pues claro, es la secretaria del director del banco de la cadena aquí en Estocolmo.

Alejandro se levantó para saludarla y, al ver que estaba sola, la invitó a sentarse con ellos y presentarle a su reciente esposa.

A Alicia se le despertó una especie de celos que a malas penas podía disimular. La chica, aunque notó algo raro, no le dio ninguna importancia y siguió tratando a Alejandro con mucha familiaridad.

Conforme iba avanzando la conversación —en inglés para que los tres pudieran entenderse—, a Alicia iba subiéndole el color rojo por el estado de celos que tenía. Su marido se dio cuenta y trató de aclararle que se trataba de la chica que le daba los datos que necesitaba para trabajar. Alicia trató de disimular para no llamar la atención de July, pero por más que se esforzaba, no lo conseguía. Alejandro se dio cuenta de que no le parecía bien la conversación y trató de despedirse de ella, alegando que habían quedado con unos amigos en el hotel.

July, sin notar nada de lo que estaba sucediendo, le preguntó en qué hotel se alojaban. Cuando le dijeron el nombre del hotel, ella con alegría les dijo:

—Anda, si yo tengo mi apartamento a cien metros de ese hotel.

Desde la despedida hasta llegar al hotel, Alicia no abrió la boca. Alejandro no entendía por qué su mujer se había enfadado y trató de que le diera una explicación. Ella le preguntó:

—¿Desde cuándo tienes esas confianzas con esa fresca que te comía con los ojos? Y encima elegiste el hotel para estar cerca de donde vive.

Por más que Alejandro tratara de darle explicaciones, la dominaban más los celos que el sentido común. Y la primera noche del viaje de novios acabaron mirando uno para cada lado.

3

A la mañana siguiente, Alejandro creía que el enfado se le había pasado, pero nanay. Alicia seguía erre que erre diciéndole que no se creía nada de las explicaciones que le había dado. Desayunaron temprano y salieron en un pequeño barco dedicado a hacer excursiones por las localidades del alrededor.

El día fue muy agradable, ya que a Alicia, por fin, se le había pasado el enfado y volvía a ser la chica alegre y simpática de siempre.

Al día siguiente, hicieron lo mismo, pero en otra dirección. Alicia había cambiado por completo y se pasaba el día agarrada del brazo de su marido y dándole besos a cada momento. Él estaba encantado y deseaba que el resto de sus vidas fuera así.

Pasó el día y llegó el sábado, día que dedicaron a conocer mejor la ciudad de Estocolmo y visitar algunos museos. Por la noche en el hotel hacían un baile y se podría lucir con los vestidos que había traído para tal efecto. El baile empezó con una música romántica y sin pensarlo se pusieron a bailar muy acaramelados. Se notaba que estaban muy enamorados. Alicia estaba disfrutando de tener entre sus brazos a la persona que más quería en este mundo.

Después de tres bailes, se sentaron en su mesa para refrescarse del calor que hacía en el salón de baile. Apenas llevaban cinco minutos sentados cuando apareció July, que le pidió el siguiente baile. Alejandro se quedó boquiabierto, sin saber qué decir, y a Alicia le subieron los colores, como si de repente le hubiese entrado una fiebre altísima. Sin saber qué decir y como un zombi, se levantó y se puso a bailar con July.

Se le iba un color y le venía otro, Alicia estaba rabiosa por el descaro que había tenido la dichosa July y por que Alejandro no había tenido el coraje de negarse. Parecía como si esa mujer le tuviera embrujado y no pudiera tener la voluntad de negarse a lo que ella le pidiera.

Volvieron a la mesa después de terminar la pieza que habían bailado y July tenía la intención de quedarse sentada con ellos, pero Alicia, viendo la intención, dijo que se sentía con fiebre y que se tenían que marchar. Pidiéndole que les disculpara, se levantaron y se fueron con dirección a la habitación.

Nada más cerrar la puerta, Alicia se puso histérica, dando gritos y lanzando insultos a la fulana de July, acusando a Alejandro de estar dominado por ella. Este estaba blanco como la pared, pues nunca había visto a Alicia de esa manera. Estaba fuera de sí simplemente porque July lo había sacado a bailar, ¿qué culpa tenía él?

Después de mucho hablarle para tratar de que se calmara, al cabo de una hora empezó a reaccionar como una persona, pero le pidió a su marido que sacara los pasajes para el día siguiente por la mañana irse a España. No quería volver a ver a la dichosa July.

Alejandro trató de convencerla diciéndole que se irían a otra ciudad, pero ella no quería estar en ese país, donde las mujeres eran capaces de quitarle el marido. Por más que lo intentó, no pudo convencerla.

Una vez instalados en su piso de Madrid, Alicia cambió por completo. Había vuelto a ser la Alicia simpática, agradable y cariñosa de siempre.

4

Después de estar unos días en Madrid, Alicia le propuso a Alejandro pasar el resto de los días que les quedaban en la casita que tenían en Santander cerca del mar. A Alejandro le pareció estupendo y, al día siguiente, salieron rumbo a Santander.

Los días que estuvieron en la casita fueron maravillosos. Alicia no paraba de besuquearle, quería hacer el amor a cada momento, estaba ansiosa de estar con él. Aunque le parecía un poco exagerado, Alejandro estaba contento de verla con esa alegría y la cara de felicidad que sentía.

Se acabaron los días de vacaciones y había que volver al trabajo. Él pasaba toda la mañana trabajando en el banco y ella se pasaba el tiempo visitando a sus amigas de la universidad y a sus padres. Cuando él venía del trabajo, solían dar un paseo por la ciudad y visitaban algún bar de los conocidos para contarse las cosas y cómo había ido el día.

Uno de los días que llegó a casa, le dijo a su mujer que a la mañana siguiente tenía que irse a París a resolver unos asuntos de un problema que había surgido y que estaría de dos a tres días. Aún no había terminado de decir la última palabra cuando ella le dijo:

—Yo también me voy contigo.

Alejandro se quedó parado ante la reacción de Alicia y le contestó:

—Pero ¿qué vas a hacer tú sola en el hotel? Posiblemente, me tire siete u ocho horas metido en el banco, tenemos un problema de un fraude y necesitamos resolverlo.

—Por mí no te preocupes, que me las arreglaré, pero no estoy dispuesta a dejarte solo habiendo tanta golfa, como comprobé en Suecia.

Alejandro se dio cuenta de que no le serviría de nada tratar de desanimarla y no tuvo más remedio que aceptar la imposición de Alicia, aunque le preocupaba que pudiera aburrirse. Tuvo que hacerse a la idea de que, en cada viaje, Alicia iría con él. Era consciente de que su mujer era muy celosa y, de esa manera, no tendrían que discutir por culpa de los celos.

Mientras Alejandro andaba en el banco resolviendo los problemas que se le habían presentado, Alicia se entretenía mirando los escaparates de los alrededores del hotel y leyendo algún libro de historia, que era el tema que más le gustaba; de esta manera combatía el tiempo de espera.

Alejandro se fue acostumbrando a que en cada viaje Alicia lo acompañara, aunque tuviera que prescindir de las pequeñas charlas que solían hacer del trabajo tomando una copa en el bar más cercano, ya que ella no se lo permitiría pensando que pudiera estar con alguna, aunque fuera compañera de trabajo. Por eso, siempre daba alguna excusa para irse rápidamente al hotel. Alicia siempre tenía la maleta preparada para salir a acompañar a su marido, al que, después de tanto tiempo, le llegó a parecer normal.

En los viajes, Alicia seguía siendo la esposa de siempre: cariñosa, amable… Raro era el día que no terminaban haciendo el amor. Él, a pesar del inconveniente de los celos, se sentía contento y hasta le parecía bien que Alicia lo acompañara.

Pero sucedió, lo que por otra parte era natural: Alicia se quedó embarazada. Al principio, siguió acompañándolo en sus viajes, pero conforme fue pasando el tiempo, ella empezó a encontrarse delicada y por recomendación del ginecólogo, tuvo que dejar de viajar y guardar reposo en la cama.

Esto le causó un gran disgusto, pero no podía hacer nada por evitarlo. Se tuvo que conformar con que Alejandro se fuera solo cada vez que tuviera que viajar. Eso lo llevaba muy mal, pensando que todavía le quedaban tres meses para dar a luz. Alejandro trataba de retrasar los viajes por no hacerla sufrir y muchas veces mandaba a alguien de confianza para resolver los problemas.

Faltaba poco más de una semana para que Alicia diera a luz y Alejandro se vio en la obligación de tener que asistir a la ceremonia de una fusión de la compañía con otro banco. A pesar de que Alejandro tratara de esquivar el viaje, su padre, como director de la compañía, no se lo permitió por ser una operación muy importante. Alicia lo comprendió y lo tomó de la mejor manera posible.

Pero ocurrió lo que nadie se podía imaginar: el avión en el que viajaba tuvo una avería y se estrelló; murieron todos los pasajeros.

Le faltaba poco para tener el bebé y la noticia no podía venirle peor. Los médicos no sabían qué fármaco administrarle para calmarla. La pobre Alicia se había vuelto loca, deseaba quitarse la vida para reunirse con él. Poco a poco se fue calmando y pudieron prepararla para dar a luz, pues temían que el ataque de locura pudiera afectar a la criatura.

El parto fue menos complicado de lo que se esperaba y el niño nació en perfectas condiciones, solo un poco más largo de lo normal. El niño era fuerte, se veía lleno de vitalidad. Rubio con los ojos azules, era el vivo retrato de su padre.

Alicia lo abrazó y no paraba de besuquearlo. Trabajo les costó a las enfermeras separarlo de su madre con el fin de lavarlo y prepararlo.

Cuando salieron del hospital, se refugió en su piso del centro de Madrid con su hijo y no consintió que nadie la ayudara ni que se hiciera cargo de su niño. No permitía que nadie tocara al niño, para ella era un tesoro intocable. Tan solo venía dos horas una señora para la limpieza, que lo venía haciendo desde que se fueron a vivir al piso recién casados.

Desde que salieron del hospital, el niño dormía en la cama con ella, pues no quería separarse de él ni un minuto. Era un amor obsesivo por su hijo.

Alejandro fue creciendo al amparo de su madre, quien ni siquiera consentía que este fuera al colegio. Ella era quien se encargaba de darle las clases utilizando los mismos libros que solían dar en los colegios, en especial la música.

Andaba por los quince años y Alejandro seguía durmiendo en la misma cama con su madre. Esto ocasionaba algún rifirrafe, puesto que ya se consideraba mayor para dormir así y quería disfrutar de su intimidad. Pero Alicia se las arreglaba para calmarlo dándole besos y caricias.

Alejandro fue perdiendo la voluntad de rebelarse y poco a poco fue consintiendo que siguiera bañándolo, a pesar de estar desarrollado como un hombre.

Su madre trataba de que no tuviera contacto con la familia de ella ni la de su marido con el fin de evitar que la criticaran por el comportamiento irregular con su hijo. Además, apenas salía de casa y cuando lo hacía para comprar las necesidades de la casa, como la comida y algo de ropa, iba agarrada del brazo de Alejandro, como si fueran a raptárselo.

El muchacho había perdido todo resquicio de personalidad y se dejaba llevar por donde ella quisiera. No tenía ninguna posibilidad de relacionarse con los muchachos de la calle y había terminado siendo un pelele de su madre. Para ella era su ídolo y nadie se lo podía arrebatar.

5

Por más que los abuelos intentaban ver al niño, ella se negaba dando excusas: que si estudiaba fuera, que si andaba muy atareado y que cuando tuviera vacaciones iría a verles. Pero ese día no llegaba nunca y los familiares empezaban a mosquearse; algo no marchaba bien.

Ella seguía en sus trece y cada vez estaba más obsesionada con él. El muchacho, con diecisiete años, seguía durmiendo en la misma cama y empezaba a tener las lógicas reacciones hormonales y a despertársele el instinto sexual. Alicia, en lugar de evitarlo, lo excitaba y hasta lo provocaba. Él trataba de esquivarla, pero ella insistía y, al final, no tuvo más remedio que ceder.

Alicia había perdido la razón y todos los días hacían el amor. Finalmente, ocurrió lo que tenía que ocurrir: empezó a faltarle el periodo y no tardó en darse cuenta de que estaba embarazada. Al principio se asustó un poco, pero pronto se le pasó y siguieron haciendo el amor como si tal cosa. Se podría decir que hasta estaba disfrutando del momento sin tener en cuenta la responsabilidad que tenía. Sin embargo, cuando empezó a notársele el embarazo, se dio cuenta del verdadero problema: si alguien se enteraba, hasta podían denunciarla.

Tenía que resolver esto lo antes posible y buscarle una solución. Lo único que le vino a la cabeza fue que tenían que marcharse a un lugar donde nadie los conociera.

Al día siguiente, salió en busca de una inmobiliaria para que le vendiera el piso donde vivían. Mientras tanto, buscaría un lugar donde pudieran vivir sin que nadie les molestara y lejos de curiosos. Allí cuidaría de la criatura, fruto de la relación con su hijo. Durante toda esta actividad para preparar el viaje, dejaba a Alejandro en casa, asegurándose de que no pudiera salir, por si le pudiera dar la idea de hablar del viaje.

Cuando tuvo el sitio donde irían a instalarse, lo primero que hizo fue despedir a la señora de la limpieza, dándole las lógicas excusas para no levantar sospechas, y se pusieron a prepararse para el traslado a la nueva casa.

6

El lugar elegido para vivir fue una urbanización en la capital de Santander. La casa era un pequeño chalet con un pequeño jardín y un pequeño prado para tomar el sol. Tanto Alejandro como Alicia estaban encantados de pisar tierra firme y no estar encerrados en un piso. Quien más apreciaba la casita era Alejandro, ya que en el piso se sentía prisionero, como si estuviera en una jaula.

Se habían instalado sin comunicárselo a nadie de la familia. Alicia no quería que pudieran enterarse del escándalo porque, incluso, podría ir a la cárcel por el abuso que estaba haciendo de su hijo.

En Santander podía permitirse salir con Alejandro por la calle sin que nadie sospechara. Al de la inmobiliaria le había dicho que le ingresara el importe de la venta del piso en su cuenta, cuando se produjera. A ella no le hacía falta, porque disponía del dinero con el que el seguro la había indemnizado por el accidente de su marido y aparte contaba con unos ingresos mensuales de viudez muy saneados.

Ni siquiera quiso instalar teléfono para que nadie la pudiera localizar. Confiaba en que, de esa manera, pasaría desapercibida y nadie sospecharía de la situación que estaban viviendo. Trataba de no pasar del mero saludo con los vecinos, aunque pudiera parecer que eran unos estúpidos.

El volumen de su barriga iba siendo cada vez mayor y algunos vecinos murmuraban, pues les resultaba extraño que no se viera al marido. Alejandro no entendía muy bien lo que estaba pasando, sabía que su madre estaba embarazada, pero no sabía por qué. Por los libros que había leído, conocía cómo se quedaba una persona embarazada, pero no era consciente de que eso pudiera ocurrir entre un hijo y su madre; en ningún libro había leído tal cosa. Tampoco había tenido contacto con nadie en la calle que pudiera comentárselo.

En la casita que habían comprado tenían todas las comodidades y los libros que Alejandro podía leer. No necesitaba ninguna carrera, a él no le faltaría de nada, para eso estaba su madre, a quien le gustaba que pudiera tener una cultura, pero hecha a su medida. Los libros que le compraba estaban muy seleccionados, con arreglo a lo que debía saber. Todo lo tenía bajo su control. Si alguien hubiera entrado en la casa, le hubiera parecido extraño que de los tres dormitorios, solo existiera una cama de matrimonio.

Le faltaban cuatro semanas para dar a luz y fue a hacer una visita al ginecólogo para que le informara sobre cómo iba el embarazo. Tuvo que darle algunas explicaciones referentes a cómo se llamaba su marido y de dónde eran con el fin de hacerle una ficha de la visita, pero Alicia lo tenía todo previsto. No tuvo ninguna dificultad en decirle el nombre de su verdadero marido, que había muerto de un accidente de avión, que este era su segundo hijo y la dirección actual. De esta manera, quedaba legalizado el nacimiento del hijo que esperaba.

7

Se acercaba el momento de parir y tenía que comprar todo lo necesario para el cuidado de la criatura, y además prepararle su habitación. Lo estaba haciendo con tanta ilusión como cuando esperaba a Alejandro, pero él no entendía nada, no podía entender cómo su madre estaba tan ilusiona con la llegada de la criatura.

Llegó el momento e ingresó en una clínica particular para evitar despertar las curiosidades que se pudieran dar, y dio orden de que en el parto solo estuviera su hijo. En contra de lo que Alicia esperaba, lo que nació fue una niña.

Criaban a la niña como una familia normal de padre y madre; al fin y al cabo, así era en realidad. Alejandro seguía sin entender nada, pero continuaba obedeciendo a su madre en todo lo que ella disponía. Había aprendido a ponerle los pañales a la niña y a hacerle los biberones que necesitaba. Prácticamente, Alejandro se encargaba de todo lo referente a la niña, pues la mamá se había desentendido de ella y trataba de tener el menor contacto.

Alejandro se daba cuenta de que su madre no era capaz de hacerle ni una caricia a pesar de que la niña era de lo más simpática. Lo único que hacía era comprarle la ropa que iba necesitando.

Llegó el día en que tenían que bautizarla para poderla registrar como hija suya. Y así lo hicieron, la inscribieron como hija de viuda y le pusieron de nombre Andrea.

Para Alejandro, aquel detalle pasó totalmente desapercibido. Él no entendía las relaciones entre padres e hijos, ya se encargaba Alicia de que él no lo entendiera. Al fin y al cabo, todo lo que sabía de la vida se lo había enseñado ella, y los libros que podía leer eran escogidos por ella.

8

Andrea iba creciendo. Estaba por los siete años y, como asistía al colegio con las demás niñas, empezaba a plantear preguntas sobre la relación familiar, y muchas veces era difícil darle una explicación convincente. Se dio cuenta del problema que Andrea podía plantearles al ver que su hermano dormía con la madre y no tuvo más remedio que hablar con Alejandro del tema.

Después de mucho pensar, se le ocurrió que desde ahora en adelante a la niña había que darle algunas explicaciones y así se lo hizo saber a Alejandro.

Le explicarían a Andrea que ella era adoptada, que Alejandro era su hermano y que dormían juntos porque a ella le daba mucho miedo dormir sola desde que su marido murió. De momento, las cosas quedarían así, pero Alicia sabía que eso no podría durar mucho y que la niña, por estar criada en otro ambiente, seguiría haciendo cada vez más preguntas.

Alejandro se había convertido en un hombre. Medía aproximadamente uno noventa, era rubio con ojos azules y tenía un cuerpo atlético; era el vivo retrato de su padre.

Su madre lo cuidaba como a un ídolo, se pasaba el día mirándolo y diciéndole cosas bonitas. Él trataba de eludirla, pero por más que lo intentaba, no podía. En la ducha era ella la encargada de pasarle la esponja por todo su cuerpo y, a pesar de que estaba acostumbrado, no podía soportarlo, pero no hacía nada por carecer de voluntad para imponerse. Tal dominio tenía sobre él que era incapaz de rechazarla.

Alicia no paraba de darle vueltas a la cabeza para salir de la situación que se había planteado con Andrea. Sin embargo, por más que lo intentaba, no veía la salida.

Una mañana, a Alejandro se le ocurrió decir que estaba aburrido de hacer siempre lo mismo y que le gustaría cambiar de ambiente. A Alicia se le encendió la bombilla en la cabeza y le dijo:

—Alejandro, tienes mucha razón. Vamos a cambiar de residencia, a mí también me resulta aburrida esta tierra y el mal tiempo. A partir de ahora, te vas a dejar barba, que estarás muy guapo y además está de moda. Vamos a vender la casita y nos vamos a ir a vivir a Portugal, ¿qué te parece?

—Yo lo que tú digas, mamá.

Dicho y hecho. La mamá localizó una inmobiliaria para poner en venta su casa y, al mismo tiempo, se puso en contacto con otra en Portugal para encontrar otra. En menos de tres semanas, tenían el asunto resuelto e hicieron un viaje a Portugal para ver su nueva casita.

La nueva vivienda era muy parecida a donde vivían y estaba en una urbanización dentro del casco histórico de Lisboa. Aquello les pareció estupendo y se volvieron para hacer el traslado.

En el colegio de Andrea tuvieron que dar algunas excusas para justificar que se marchaban, cuidando de no decir dónde.

9

En Portugal pensaban hacer una nueva vida, ya que nadie los conocía y no tenían por qué opinar sobre ellos.

Las familias de Alicia y de Alejandro andaban indagando por todos los medios dónde podrían estar la hija y el nieto, pero después de tantos años sin saber de ellos, tuvieron que desistir de la búsqueda al no tener resultados positivos. Nadie se explicaba dónde se podían haber metido ni porqué lo habían hecho. Aparentemente, eran una familia que se entendía muy bien y no tenían motivos para desaparecer.

Las familias de Alejandro y de Alicia ignoraban la enfermedad que padecía ella y por eso no veían explicación a lo sucedido.

Alicia en Portugal vivía ajena a los acontecimientos que ocurrían en Madrid, y mucho menos le podían interesar a ella. Lo único que le interesaba era vivir feliz con sus hijos de la manera que ella quería. En aquel país nadie la conocía y podía campar a sus anchas; dinero no le faltaba y en su casa lo tenía todo controlado.

Llevaban varios años viviendo en Portugal y todo marchaba a las mil maravillas. A pesar de que andaba rondando los cincuenta, ella seguía gozando con su hijo Alejandro, pese a que él cada día lo pasaba peor y no paraba de darle vueltas a cómo cortar esta forma de vida.

Andrea trataba de pasar desapercibida y procuraba no meterse en nada, aunque intuía que la relación entre su madre y su hermano era un tanto rara, ya que este se pasaba casi todo el tiempo en casa tocando el piano o leyendo y apenas pisaba la calle, y cuando lo hacía, era acompañado de su madre.

Por otro lado, cada día veía a su hermano más deprimido y demacrado, como si padeciera una enfermedad rara. Si alguna vez le preguntaba si estaba enfermo, siempre le respondía con evasivas y la madre salía al paso exclamando que cómo iba a estar enfermo si ella lo cuidaba como oro en paño. Andrea callaba y trataba de desviar la conversación hacia otro tema, pero pensando que a su hermano le ocurría algo que ella no alcanzaba a entender.

Andrea entraba por la mañana al colegio y salía a las cuatro de la tarde, o sea, hacía un régimen de semiinterna. Uno de los días se sintió enferma y los profesores le aconsejaron que se fuera a casa y visitara al médico. Normalmente, solían llevarla en el autobús del colegio, pero al ser fuera del horario normal, la directora la llevó en su coche para no tener que molestar a su madre.

Andrea entró en casa y sintió unos ruidos extraños. Llamó a su madre, pero nadie contestaba. Preocupada por si había entrado algún extraño, fue acercándose cautelosamente al lugar de donde venían los ruidos. Con muchísimo miedo, abrió la puerta del cuarto de baño y se encontró un panorama que no se podía imaginar. En la ducha estaban su hermano y su madre desnudos y ella lo besaba por todo el cuerpo.

Cerró la puerta horrorizada por la escena que había visto y se encerró en su habitación llorando. No podía creer lo que había visto. A pesar de que algo se imaginaba, no podía dar crédito a que fuera verdad. La madre trató de hablar con ella para justificarse, pero no le abrió la puerta.

Alejandro se fue a un rincón de la casa llorando desconsoladamente. Alicia trataba de acariciarlo y calmarlo, pero él la rechazaba una y otra vez, y en un momento de valentía, fue capaz de gritarle y decirle que la odiaba.

Alicia no se podía creer que su amor pudiera decirle que la odiaba, cuando ella lo adoraba y sin él no podría vivir. Su hijo no paraba de llorar desconsoladamente y, por más que intentaba acercarse, él seguía rechazándola. Andrea, aun encontrándose enferma, seguía encerrada en su habitación.

10

A partir de lo que ocurrió, la convivencia en la casa cambió radicalmente. Los hermanos trataron de tener una relación más cordial, aunque Andrea trataba de indagar sobre cómo era la relación de su hermano con su madre, pero él procuraba evadirse por vergüenza; a pesar de que no tenía relación con nadie, sabía que lo que estaba haciendo no estaba bien.

Andrea intentó convencerlo de que tenía que romper esa relación con su madre y tener su propia habitación, lo mismo que ella. Finalmente, Alejandro, en un momento de fortaleza y después de estar un tiempo mentalizándose, le dijo a su madre que a partir de ese momento quería tener su propia habitación, igual que Andrea.

Alicia puso el grito en el cielo y le dijo rotundamente que no. Él se defendió diciéndole que no volvería a dormir con ella, y esta se puso a llorar agarrada a sus pies pidiéndole perdón y diciéndole que haría lo que él quisiera, pero que no podría vivir si no dormía con él. Alejandro se desplomó y le dijo que de acuerdo, pero que no volverían a hacer el amor nunca más.

Andrea, aprovechando que Alicia había salido a comprar al mercado, trató de preguntarle a su hermano cómo había quedado con su madre. Él le contó lo que había ocurrido y que no tuvo valor para negarse.

—Pero no debes continuar haciendo esa vida, estás incurriendo en un delito. Eso que estás haciendo está penado por la ley y puedes ir a la cárcel.

—¿Eso es verdad?, ¿pueden meterme preso?

—Pues claro que sí.

Alejandro se quedó pensativo y preocupado, pues no sabía que lo que estaba haciendo estaba penado por la ley.

—¿Y qué puedo hacer? —le preguntó a su hermana.

—Pues muy sencillo, negarte se ponga como se ponga. Yo te ayudaré.

—¿Lo harás?, ¿me ayudarás con mamá?

—Pues claro, para eso soy tu hermana.

—No sabes cuánto me alegro, yo solo no seré capaz de decírselo.

Cuando vino la madre de la compra, estaban los dos preparados para comunicarle lo que habían decidido. Alicia se quedó mirando a los dos con la cara desencajada. Le había subido un color púrpura provocado por la ira. Empezó a dar gritos llamándoles traidores, malos hijos, diciendo que lo único que pretendían era volverla loca y que ella solo quería el cariño de sus hijos.

Los dos se quedaron mirándose el uno al otro, sin mediar palabra. Alejandro se veía apoyado por su hermana y no tenía miedo a las represalias de su madre.

Poco a poco, Alicia se fue calmando y terminó llorando en su habitación. A Alejandro le daba pena oír a su madre llorar e intentó levantarse, pero Andrea lo cogió del brazo y le obligó a sentarse.

—No debemos ser débiles. Ella tiene que comprender que lo que está haciendo no está bien.

Cuando se cansó de llorar, se levantó y, sin decir palabra, se puso a trastear sin parar. Los dos se quedaron sin saber qué hacer, no se atrevían a mirar.

Pasada casi una hora, salió y les dijo:

—Ya tenéis lo que queríais, una habitación para cada uno. —Y se alejó para tocar el piano como una posesa.

Los dos se quedaron con la boca abierta, sin saber qué decir.

11

Los dos estaban contentos por salvar la situación tan desagradable que habían vivido y porque, en adelante, llevarían una vida normal. Pero nada más lejos de lo que esperaban.

Al segundo día, Alicia se fue a llorar a la puerta de la habitación de su hijo, rogándole que se acostara con ella. Alejandro había cerrado la habitación con llave, pero ni él ni Andrea podían dormir oyendo toda la noche llorar a su madre.

Andrea se levantaba con las ojeras propias de no haber dormido y se lavaba la cara con abundante agua fresca para relajarse antes de ir al colegio. Alejandro era el que peor lo pasaba viendo a su madre como un alma en pena; estaba deseando que llegara Andrea a casa para que lo protegiera de su madre.

Alicia, en lugar de calmarse y aceptar la situación, fue cada vez poniéndose peor y se pasaba el día suplicando a su hijo que se fuera con ella. La situación era cada día más insostenible. Alejandro y Andrea no sabían qué camino tomar.

Viendo que los dos se mantenían en su sitio y que no cedían a sus llantos, se metió en la cama y se negó a salir de la habitación, incluso se negó a comer.

Andrea era la que se daba cuenta de la gravedad de la situación. Alejandro estaba como paralizado, sin saber qué hacer, y pedía a su hermana que hiciera algo, así que ella tomó las riendas del asunto y le dijo que tenían que llamar a un médico, pero que no le explicarían nada de por qué estaba así, sino que le dirían que poco a poco se le había ido la cabeza.

Así lo hicieron y llamaron al médico. Después de una exploración, les dijo que se encontraba muy grave, física y mentalmente, que según su criterio había que ingresarla en un hospital y, si no respondía al tratamiento, tendría que ir a un siquiátrico.

Andrea, consciente de que su hermano era incapaz de decidir, le dijo al médico que hiciera lo que mejor viera.

Hacía dos semanas que Alicia estaba ingresada en el hospital reponiéndose de la debilidad que tenía por el tiempo que había estado sin comer y la cabeza cada vez la tenía peor. Se pasaba el tiempo llamando a Alejandro y llorando. Nadie en el hospital entendía por qué siempre estaba llamando a Alejandro.

La única persona que la visitaba era Andrea, pero ella la repudiaba y le decía que se fuera. Viendo que con cada visita se ponía peor, el médico que estaba a cargo de ella le tuvo que decir a Andrea que era mejor que no viniera.

12

Los dos se quedaron en casa. Andrea con sus estudios, pues quería hacer la carrera de Medicina, y Alejandro haciendo lo que más le gustaba, que era tocar el piano, y cuando se cansaba, se daba largos paseos por la ciudad.

Cuando venía Andrea, pasaban largos ratos hablando de todo lo que habían pasado y que tendrían que hacer lo posible por olvidarlo. A Andrea se le ocurrió que Alejandro tendría que aprender a manejar algunas cosas de la casa, como hacer la compra o aprender a hacer algún tipo de comida para ellos. A él no le pareció mal, incluso le hacía ilusión.

Se compraron algunos libros de cocina y, entre los dos, se centraron en aprender. Otra decisión que debían tomar sería contratar a una señora para que les hiciera la limpieza y planchara la ropa.

Los dos estaban ilusionadísimos con las decisiones que habían tomado. Lo de la cocina no se le daba muy bien a Alejandro, pero con la ayuda de la señora de la limpieza, poco a poco la cosa iba mejorando. La compra se le daba mejor, porque muchas veces acompañaba a su madre.

La vida de los dos era lo mejor que habían vivido desde que nacieron. Se dedicaban a dar largos paseos por la ciudad, viendo escaparates y, de vez en cuando, tomando alguna taza de chocolate en alguna chocolatería. Trataban de olvidar el infierno que habían vivido, sobre todo Alejandro.

Todo había quedado atrás y les parecía que habían vivido un sueño, pero un sueño infernal.

Un día, paseando por la ciudad, al pasar por al lado de un kiosco vieron en la portada de un periódico la foto de un personaje que debía ser bastante importante para ponerlo en la portada, pero lo que realmente les llamó la atención fue su nombre: se llamaba y tenía el mismo apellido que su padre. No dejaba de tener gracia que un banquero tan importante tuviera el nombre y el apellido de su padre y que, además, fuera banquero como él.

Esto les despertó la curiosidad y compraron el periódico para analizarlo más detenidamente.

Algo se empezó a remover por los cuerpos de ambos. Sabían que su padre había muerto en un accidente de avión porque se lo había dicho su madre, pero ¿y si era mentira?, ¿y si su padre había vivido todos estos años y su madre se lo había ocultado? Con estos pensamientos, se fueron rápidamente a casa para ver el periódico.

Pero lo único que encontraron fue que un famoso banquero de Madrid y presidente de uno de los bancos más fuertes del país había muerto de un ataque al corazón. Esto les dejó un poco descolocados; la noticia no daba más explicaciones. Las ilusiones que se habían hecho de que ese señor pudiera tener alguna relación con ellos se les vinieron abajo.

A pesar de eso, el gusanillo de la curiosidad les seguía picando. A Alejandro se le ocurrió:

—¿Y si hablamos con mamá y se lo preguntamos?

A su hermana no le parecía buena la idea, sabía el estado de su madre y sería complicado hablar de ese tema con ella. Alejandro insistió:

—¿Y si se lo pregunto yo?

Después de estar más de una hora dándole vueltas al tema, Andrea le dijo:

—¿Y para qué queremos saber de la familia? A nosotros no nos falta de nada, tenemos dinero para vivir bien. Ahora que nos hemos quitado una pesadilla de encima, yo creo que lo mejor será que lo dejemos como está.

—Llevas razón, hermanita. Lo mejor es que sigamos como estamos.

Tan pronto como Alicia se recuperó de la gran anemia que había padecido, llamaron a los hijos para comunicarles que lo mejor para su madre era ingresarla en un centro de enfermos mentales, ya que era incapaz de recuperarse por sí sola.

Andrea era la única que la visitaba, pero cada vez las visitas eran más espaciosas debido a su estado de deterioro.

Un día, Alejandro decidió hacerle una visita. Era la primera vez que lo hacía y sentía la necesidad de verla. Andrea le informó de que no se asustara al verla en ese estado y, finalmente, a pesar de que no le gustaba, decidió ir con él.

El centro estaba situado en un sitio precioso, con unos jardines muy cuidados y muchos árboles. Era primavera y hacía un día estupendo, aunque a esa hora de la mañana refrescaba. Preguntaron por ella y les indicaron que estaba en el jardín. Andrea la divisó en una hamaca envuelta en una manta. Alejandro hubiera sido incapaz de reconocerla por su grado de deterioro. Cuando la vio, se quedó asustado, pues no podía imaginarse en lo que se había quedado. Él la recordaba como había sido, una mujer guapa, esbelta y con unos ojos preciosos, y allí estaba, en los puros huesos, con los ojos hundidos y la cara como la cera. Le pasó la mano por la cara acariciándola, ella abrió los ojos y se quedó mirándolo. Intentó decir alguna palabra, pero fue incapaz de pronunciarla.

Alejandro se retiró llorando, tapándose la cara con las manos para no verla, no quería ver en lo que se había quedado su madre, y diciendo que él tenía la culpa de lo que había pasado.

En casa, Alejandro no paraba de llorar. Andrea no sabía cómo consolarlo, se sentía culpable por no evitar que Alejandro la viera; al fin y al cabo, habían estado siempre así y no había pasado nada. Ella trataba de enseñarle que la vida no era como él la veía, que la relación de madre e hijo no era así.

Poco a poco se fue calmando y su hermana dobló sus esfuerzos en demostrarle cómo era la vida y la relación entre padres e hijos. Sabía que era como un niño pequeño, incapaz de comprender cómo era el mundo, pero ella se encargaría de enseñárselo.

Según iba comprendiendo, se sentía más seguro de sí mismo y apreciaba más las cosas. Se daba cuenta de lo mucho que le quedaba por aprender. Andrea se sentía cada día más contenta de ver con qué rapidez su hermano iba comprendiendo las cosas.

La convivencia volvió a su normalidad y Alejandro se sentía más seguro de sí mismo y mucho más abierto. Él era el encargado de hacer la compra y de guisar, con la ayuda de la señora de la limpieza y los libros de cocina. Andrea seguía terminando sus estudios de Medicina y muchas tardes daban grandes paseos por la ciudad.

Se habían hecho a la vida cotidiana de Portugal y se sentían como uno más del país.

Faltaba menos de una semana para los últimos exámenes y Andrea tuvo que centrarse a fondo para no suspender ninguno. Le daban las tantas de la noche repasando y su hermano le hacía compañía, trayéndole de vez en cuando algún tentempié.

Andrea terminó sus exámenes con éxito y lo celebraron en un restaurante por todo lo alto. La vida había cambiado tanto para ellos que se encontraban como flotando en una nube, todo alrededor les parecía maravilloso.

A la mañana siguiente de la cena, Alejandro se levantó canturreando. Su hermana, que todavía se encontraba en la cama medio dormida, no daba crédito a lo que estaba oyendo.

Alejandro se encargó de preparar el desayuno para los dos y cuando Andrea se aseó, se encontró una mesa que más parecía de un hotel de lujo. Después de darle un beso y las gracias, le dijo:

—¿A qué se deben este festín y ese canturreo?

—Se deben a que sigamos celebrando tu título como médico con unas vacaciones en Madrid.

—Pues no me parece mal, serían nuestras primeras vacaciones en Madrid, que debe de ser precioso.

Ese mismo día, salieron en busca de una agencia de viajes para contratar un hotel en el centro de Madrid.

13

Habían elegido un hotel de cuatro estrellas con balcones a la Gran Vía, cuyas habitaciones eran espaciosas y estaban muy bien decoradas. Pidieron un plano callejero de Madrid para estudiar el recorrido que harían el primer día. Acordaron visitar museos y patear las calles de Madrid; se comprarían calzado cómodo y se lanzarían a la calle.

Todo lo que veían les parecía precioso, sobre todo los bares de tapas, con los mostradores tan llenos que no sabían qué tapa elegir, las calles llenas de gente yendo de un lado para otro. Las tiendas tenían de todo, les parecía que estaban en un paraíso.

Para el primer día era demasiado, así que se fueron al hotel y, sin mediar palabra, cada uno se fue a su habitación a descansar.

Eran casi las once del día siguiente cuando empezaron a abrir los ojos. Lo primero que hicieron fue pedir el desayuno a la habitación de ella para los dos. Cuando se pusieron a desayunar, se miraron a la cara y empezaron a reírse al verse los ojos de besugo que tenían de tanto dormir.

Acordaron que debían tomárselo con más calma, puesto que tenían tiempo de verlo todo. El segundo día irían a visitar algún museo y, por la noche, verían si había alguna obra de teatro que les gustara.

Cerca del hotel había un banco de la cadena del señor que había muerto de infarto y les picó otra vez la curiosidad de averiguar lo del apellido. Andrea vio a un conserje en la puerta y se le ocurrió preguntarle de dónde provenía la familia del famoso banquero. El conserje no conocía el origen de la familia, pero le dijo que aquel señor mayor que estaba sentado frente a la mesa era el que mejor la conocía.

No se lo pensó dos veces y se dirigió a él para que la informara. El señor levantó la cabeza de los documentos que estaba examinando y miró a los dos un poco sorprendido por el descaro de presentarse sin previo aviso. Se disculparon y le pidieron perdón por el atrevimiento, pero estaban muy interesados en saber el origen de la familia, por si había algún vínculo con ellos.

El señor les hizo un examen ocular y no le pareció que llevaran malas intenciones. Les dio una información bastante amplia, que a ellos les pareció suficiente, ya que con ella podrían sacar conclusiones.

Después de darle las gracias, se marcharon con la cabeza más caliente que cuando entraron. Andrea, que era más optimista, dijo:

—Alejandro, ¿sabes lo que te digo? Que hemos venido a divertirnos y eso vamos a hacer. Hoy hace un día estupendo para visitar el museo del Prado y cuando salgamos, vamos a comer de tapeo, ¿qué te parece?

—Ya sabes que lo que tú digas me parece bien.

—No tienes que ser así, tu opinión también cuenta.

Eran casi las dos de la tarde cuando salieron del museo del Prado y, sin perder un momento, se fueron en busca de un bar que tuviera las mejores tapas. No tardaron en encontrar varios con los mostradores abarrotados de tapas, a cual más apetecible.

Habían venido a Madrid a pasárselo bien y así lo iban a hacer. Por la noche irían al teatro a ver alguna obra divertida y a no pensar en nada.

Sin darse cuenta, se les habían pasado los días y estaban a punto de finalizar el viaje. Todo había transcurrido tan rápido que les pareció un relámpago. Con cara de difunto, se pusieron a hacer las maletas para regresar a casa. La estancia les había parecido poco y se prometieron que no tardarían en volver.

Con la llegada a casa empezaría la rutina de siempre, pero con las ilusiones puestas en volver a intentarlo otra vez. Aún quedaba mucho verano por delante y ya se les ocurriría algo bueno.

Alejandro no hacía más que darle vueltas a lo que les había contado el señor del banco respecto a la familia y se lo hizo saber a su hermana para ver qué opinaba ella. Andrea le dijo que sería mejor dejar las cosas como estaban, aunque, si le preocupaba, él podría dar los pasos para comprobar si realmente pertenecían a esa familia, pero que eso les podría traer muchas preocupaciones, por la situación que vivían.

Alejandro se conformó, pero no estaba muy de acuerdo, pues quería tener y conocer a la familia de su padre y su madre.

Dejaron para más adelante ese asunto, que abordarían en mejor ocasión.

14

Se estaba acabando el verano y Andrea quería prepararse las oposiciones para ejercer como médico. Alejandro seguía encargándose de los quehaceres de la casa y, en lo que podía, ayudaba a su hermana haciendo de examinador para ver el nivel que tenía.

Los sábados los dedicaban a visitar a su madre, a la que cada día que pasaba veían físicamente más alicaída. Alejandro no la quería ver en ese estado y se quedaba alejado de ella; era mucha la pena que sentía por su madre a pesar del comportamiento que había tenido. Cuando su hermana le decía cómo se encontraba, no podía evitar llorar.

Llegó el día del examen y, a pesar de lo nerviosa que se encontraba Andrea, obtuvo una nota muy alta que le servía para poder elegir destino. Se quedó en el hospital más cercano a donde vivían. Para celebrarlo, se fueron un fin de semana a un hotel de la costa.

En una semana tenía que incorporarse al trabajo y debía preparar todo lo necesario. El que más lo sentía era Alejandro, que se quedaba solo y echaría de menos la presencia de su hermana.

Andrea los primeros días venía cansadísima, por los nervios del comienzo, y nada más comer, se echaba un poco la siesta para relajarse. Entre tanto, Alejandro se entretenía leyendo o viendo un poco la televisión, y después salían a dar un paseo como de costumbre, pero ahora la conversación se centraba en todo lo que le había ocurrido en el hospital. Alejandro disfrutaba oyendo las cosas que le contaba su hermana.

Un día, viendo la televisión, salió una noticia que le llamó la atención a Alejandro. Se trataba de una llamada que hacía la abuela de Alejandro: estaba enferma y no quería morirse sin ver a su única hija y a su nieto, y pedía por favor que si alguien la conocía o sabía de ella, se lo comunicara. Alejandro se quedó pálido al oír la noticia. Era su abuela, lo sabía por lo que les había contado el señor del banco, no podía equivocarse.

Tan pronto como se despertó su hermana, le contó todo y ella también se quedó un poco descolocada, sin saber qué hacer. Alejandro insistía en que había que hacer algo. Para calmarlo, le dijo que tratarían de ponerse en contacto con ellos, pediría unos días de permiso e irían a verla. Alejandro abrazó a su hermana dándole besos, loco de contento.

Al día siguiente, pidió unos días de permiso en el hospital para solucionar lo que había ocurrido y no tuvo ningún problema para que se los concedieran.

Ese mismo día, se pusieron en contacto con los familiares y les dijeron que tan pronto como pudieran irían a verlos. Alejandro se puso a dar palmas de alegría, estaba contentísimo de poder tener una familia como Dios manda.

En el plazo de cinco días saldrían para Madrid a entrevistarse con las familias, tanto de Alicia como del marido. Durante esos cinco días de espera, Alejandro no pegaba ojo en la cama pensando cómo sería su familia y qué dirían de ellos, cómo tomarían la situación en la que se encontraban.

Lo comentó con su hermana y decidieron que tendrían que buscar una estrategia convincente, todo menos decirles la verdad de la situación que estaban viviendo.

Entre los dos acordaron decirles que su madre había tenido un accidente en la bañera y, del golpe que se dio en la cabeza, había perdido la razón, por lo que no tuvieron más remedio que ingresarla en un centro de reposo. Así lo acordaron para no tener que dar más explicaciones.

Los dos prepararon las maletas con los consiguientes nervios por no saber cómo reaccionaría la familia al recibirlos.

15

El viaje se les hizo corto pensando en todas las cosas que les dirían al llegar al aeropuerto de Barajas Adolfo Suárez. Cogieron un taxi con dirección al domicilio de la madre de Alicia, pues era la única dirección de la que disponían.

A la llegada, salió un mayordomo a recibirlos y a coger las maletas que habían traído. En el interior de la casa se encontraban las dos abuelas y el administrador. El recibimiento fue un valle de lágrimas y el que más lloraba era Alejandro, por ser el más débil de todos.

Cuando vino la calma, empezaron las aclaraciones, pues ninguna de las dos tenía conocimiento de Andrea. Tal y como tenían acordado, Andrea les dio toda clase de explicaciones, entre ellas, que ella era adoptada. Las abuelas, por su parte, les dijeron que los dos maridos habían muerto y que solo quedaban ellas dos, por eso fue el poner el llamamiento en todos los medios de comunicación.

La madre de Alicia se opuso a que su hija estuviera en Portugal y daría orden para que la trajeran a Madrid. Andrea les hizo ver que sería muy peligroso por la situación tan delicada en la que se encontraba, pero la abuela insistía en que tenía que traérsela.

Las explicaciones que dieron por estar tanto tiempo sin saber nada de ellos las dio Andrea de la mejor forma que se le ocurrió. Inteligentemente, desvió la conversación hacia cómo era la familia, cuántos eran y qué les parecían ellos.

Las abuelas fueron explicándoles que solo habían tenido un hijo cada una y no tenían más familia directa que ellos, y que además eran dueños de una extensa fortuna. Los dos se quedaron un poco asustados y Alejandro se atrevió a decir:

—Pero ¿para qué necesitamos el dinero si nosotros tenemos de sobra para vivir?

Las abuelas se echaron a reír.

—No tenéis que preocuparos por nada, nosotras tenemos buenos administradores que se encargarían de todo.

Andrea insistió:

—Pero yo soy médico y estoy trabajando en un hospital, y además me gusta mucho.

—No te preocupes por eso, si te gusta ser médico, trabajarás en un hospital. Aquí ya os hemos dicho que no tenéis que preocuparos por nada, que todo lo manejan otras personas.

Andrea se quedó algo más tranquila, pero un poco preocupada por la responsabilidad que podía tener. La madre de Alicia dio orden al administrador de que diera los pasos oportunos para traer a su hija de Portugal.

—Bueno, nosotros necesitamos volver a Portugal para arreglar nuestras cosas. Tengan en cuenta que llevamos muchos años viviendo en Portugal y, además, tengo que darle un tiempo a la dirección del hospital para que busquen a otra persona que ocupe mi puesto.

—Eso me parece muy bien, demuestra que eres una persona responsable. Me tenéis que perdonar por mi impaciencia, pero es que estamos deseando que estéis con nosotras.

En el viaje de regreso, Andrea iba dándole vueltas a los acontecimientos que en poco tiempo se habían desarrollado y cómo les había cambiado la vida. Todo había transcurrido tan rápido que apenas habían tenido tiempo de asimilarlo y, lo que es peor, no sabían si era para mejor o peor.

En ese momento, vivían una vida feliz, tenía un trabajo que le gustaba y no les faltaba de nada, ¿qué más podían pedir? ¿Para qué necesitaban ser millonarios si tenían lo que querían? Pero las cosas se habían desarrollado de esa manera y no podían hacer nada por evitarlo. Pensando en esto y en un sinfín de cosas más, el avión tomó tierra en el aeropuerto de Lisboa.

16

A los tres días de su llegada, se presentó el administrador para arreglar el traslado de su madre a Madrid.

Tal y como les había dicho Andrea, la situación de su madre no era la idónea para hacer ningún viaje. Alicia había entrado en coma por el deterioro que venía sufriendo desde que ingresó en el sanatorio; el médico que la atendía les dijo que no duraría más de dos o tres días. Cuando le dieron la noticia, Alejandro arrancó a llorar y se metió en su habitación para no ver a nadie.

El administrador se quedó instalado en un hotel hasta ver lo que ocurría. No habían pasado los dos días cuando recibieron la noticia de que Alicia había muerto, así que el administrador se encargó de todo el papeleo y el transporte de Alicia a Madrid para ser enterrada en el panteón familiar.

Los dos se volvieron a quedar solos en su casa, pero Alejandro no paraba de llorar día y noche. Andrea le había dado unos calmantes para que descansara; sin embargo, cuando no estaba llorando, estaba como sonámbulo. Cuando llegaba del trabajo, él se abrazaba a ella, pero Andrea no estaba dispuesta a que siguiera de esa manera, así que lo zarandeó con fuerza y le dijo:

—¡Ya está bien! A partir de este momento, no te quiero ver llorar más. Tú eres un hombre y como tal te tienes que comportar.

Alejandro se quedó rígido y muy serio, y sin mediar palabra se metió en su habitación. Andrea dejó que se tranquilizara.

Habían pasado más de tres horas cuando Alejandro apareció por el salón, donde estaba Andrea leyendo unos documentos de los que tenía su madre guardados en sus cosas personales. Ella levantó la vista y vio a su hermano con la misma cara seria y rígida con la que había entrado en su habitación. Se quedó mirándolo fijamente hasta ver por dónde salía. Finalmente, se sentó junto a ella y le dijo:

—Creo que tienes razón, no tengo derecho a comportarme como si fuera un niño. Estoy dispuesto a cambiar si tú me ayudas a ser fuerte para comportarme como debo.

Andrea le dio un abrazo y un beso.

—¿Cómo no te voy a ayudar si eres mi único hermano y la persona que más quiero?

A partir de ese día, Alejandro cambió como la noche y el día. Él seguía encargándose de las compras de la casa y de la cocina. Había dejado de llorar y no mentaba para nada la muerte de su madre, lo cual Andrea agradecía. Bastante tenía la muchacha con pensar en lo que le esperaba cuando llegara a Madrid y el cambio de trabajo en el nuevo hospital. Le venía bien que su hermano tocara el piano, eso la relajaba y se daba cuenta de lo bien que lo hacía.

Desde el día en que lo zarandeó, había cambiado por completo. Todo lo hacía de distinta manera, con más ánimo y, sobre todo, con más entusiasmo; hasta el piano lo tocaba con melodías más alegres. No cabía duda de que había entrado en una fase diferente, sobre todo para mejor. La vida entre los dos empezaba a ser como al principio y eso repercutía en la armonía entre ambos.

Alejandro se levantó esa mañana muy alegre y le dijo a su hermana:

—¿Sabes?, llevabas razón, no tenía derecho a comportarme como lo he hecho hasta ahora. Desde ahora en adelante voy a comportarme como lo que soy, un hombre. He decidido que cuando nos vayamos a Madrid, me voy a dedicar de pleno a la música, ¿qué te parece, hermanita?

—Es la mayor alegría que me has dado. No sabes cuánto me alegro de tu cambio de actitud, pues me tenías preocupada y no sabía qué hacer contigo.

17

Faltaba menos de una semana para marcharse a Madrid y todo lo tenían controlado para el viaje. Habían decidido dejar la casa como estaba para poderla utilizar cuando tuvieran la necesidad de pasar allí unos días.

Otra vez le venía a Andrea el temor de volver a Madrid. Le daba miedo enfrentarse a la responsabilidad de meterse en unos negocios que no conocía. Ella solo pretendía ser una doctora más o menos buena en su trabajo y vivir sencillamente, pero, por desgracia, eso no podía ser, ya que sin esperarlo se había metido en una familia muy poderosa y no tenía más remedio que apechugar con lo que le tocara.

Por el contrario, las abuelas estaban muy contentas de haber encontrado a sus nietos, aunque la verdad era que solo esperaban tener uno. Esto les servía de comentario a ambas, puesto que desconocían cómo habían llegado a esta situación. No tenían noticias de que Alicia se hubiera casado por segunda vez y lo de ser adoptada no terminaban de creérselo, aunque las dos estaban de acuerdo en que la niña era la viva estampa de su madre, y esto les pareció aún más extraño.

Pero fuera lo que fuera, las dos abuelas estaban muy contentas de tenerlos con ellas y de saber que la familia no se estaba perdiendo y que, además, su imperio seguiría en manos de ellos.

Lo tenían todo estudiado. Para cuando vinieran, les habían preparado las mejores habitaciones, las más luminosas y amplias. Las dos habían decidido quedarse a vivir juntas en la parte de abajo de la vivienda; de esa manera, gozarían más de la presencia de ellos y, de paso, siempre estarían más distraídas escuchando cosas de lo que habían pasado.

La espera de los nietos se les hacía eterna, pero comprendían que tendrían muchas cosas que arreglar.

Por fin recibieron la noticia de su llegada. Las abuelas estaban nerviosas dando órdenes a troche y moche para que cuando llegaran no faltase de nada.

La llegada de los chicos fue como si hubieran venido unos embajadores. Los criados corrieron a coger las maletas del coche y las llevaron a sus habitaciones mientras las abuelas los acompañaron para comprobar que todo estaba a su gusto.

A la media hora, les avisaron de que la comida estaba lista. Andrea había desayunado bastante y apenas tenía hambre, pero Alejandro tenía tanta hambre que se comería un toro.

Cuando vieron la mesa con tantos cubiertos y vasos, se quedaron un poco parados sin saber qué hacer. Las abuelas les indicaron los asientos donde debían comer y se sentaron procurando hacer el menor ruido posible, pero sin saber qué hacer con tanto cubierto.

En la mesa no faltaba de nada. Había zumo de naranja, agua mineral, vino… Alejandro no se lo pensó dos veces y en el primer vaso que le pareció se sirvió zumo de naranja. Tan pronto como la criada le sirvió la sopa, en dos minutos la devoró. Andrea se quedó mirándolo sorprendida, pero él no se dio cuenta, tenía hambre. Con la carne hizo lo mismo. Las abuelas estaban encantadas de verlo comer con ese apetito. Por su parte, Andrea se comió la sopa y apenas comió un poco de carne.

Terminados los postres, las abuelas les dijeron:

—Idos a descansar un rato, que estaréis cansados del viaje, pero luego tenéis que venir con nosotras para contarnos con detalles cómo ha sido vuestra vida, de la que no sabemos nada, ¿de acuerdo?

Sobre las cinco de la tarde, bajaron a reunirse con las abuelas, que les tenían preparado un café con galletas. Los dos habían quedado en contarles muy por encima todo lo que habían pasado, ocultándoles el comportamiento de su madre para no hacerles sufrir. Les dirían que tuvo un accidente en la bañera que ocasionó que perdiera la cabeza.

El comportamiento de su madre no lo entendían, no sabían por qué no tenían relación con la familia.

—Alguna vez se lo preguntamos, pero siempre nos contestaba con evasivas. Un día, de casualidad, vimos en el periódico el anuncio de la muerte de un banquero que tenía los apellidos nuestros y nos llamó la atención. Y, durante unas vacaciones que hicimos en Madrid, tratamos de averiguarlo preguntando a un señor que estaba en el banco. Y eso es todo, más o menos.

Las abuelas se quedaron sin saber qué decir. La única que se atrevió a decir algo fue la abuela Carla:

—Pobrecitos míos, cuánto habéis pasado los dos solitos.

18

Los siguientes días los dedicaron a enseñarles a los nietos todo el entorno en el que se movían y que, desde ese momento, sería para ellos. Se quedaron asustados del poder que tenían. De ninguna manera estaban dispuestos a hacerse cargo de tal imperio.

Andrea les dijo a las abuelas que ellos eran gente sencilla, que solo pretendían vivir de su trabajo como hasta ahora y que ellos no sabrían llevar una empresa de esa envergadura. Las abuelas se echaron a reír y les dijeron que no tenían que preocuparse, que solo figurarían como socios mayoritarios y que el funcionamiento de la empresa lo llevaban los expertos en la materia. Tan solo tendrían que asistir a los consejos de administración que les demandaran.

Andrea les confesó que ella quería seguir trabajando como médico y que Alejandro pretendía iniciar la carrera de Música en el conservatorio. Las abuelas contestaron a la vez:

—No hay más que decir. Haced lo que os venga en gana, pero con una condición: tenéis que seguir viviendo en casa con nosotras para no perderos de vista.

—Estaremos encantados de quedarnos con vosotras y que nos enseñéis cosas que desconocemos, sobre todo de la familia.

No habían pasado ni dos semanas cuando ya tanto Andrea como Alejandro tenían cada uno su puesto en el hospital y en el conservatorio de música, respectivamente.

Alejandro había cambiado y estaba dispuesto a terminar su carrera de músico como tenía previsto. Andrea estaba en periodo de adaptación, debido a que la forma de trabajar cambiaba un poco.

Después de la salida del trabajo, Andrea y Alejandro daban largos paseos con las abuelas, que no se cansaban de escuchar las cosas que les decían los nietos. Sin embargo, eso no duró mucho, puesto que, debido a la cantidad de horas que pasaba en el hospital, Andrea se retiraba a descansar cuando llegaba y Alejandro, después de salir del conservatorio, tenía que repasar con el piano los trabajos que le mandaban.

Esto no les gustaba mucho a las abuelas, que hubieran preferido que estuvieran continuamente con ellas, pero comprendían que era su vida y estaban haciendo lo que les gustaba, por lo que no tenían ningún derecho a entorpecer sus decisiones.

De esa manera iban pasando los días y siempre que podían, se marchaban con las abuelas de paseo y a tomar un chocolate en un sitio donde ambas eran muy conocidas. No obstante, aparte de las obligaciones diarias también tenían otras con las que ninguno de los dos había contado.

Todos los primeros de mes a las ocho de la tarde, tenían consejo de administración y, lógicamente, ellos no podían faltar. Asistían con las abuelas, como accionistas mayoritarias que eran. Al principio no entendían casi nada de lo que allí se decía, pero poco a poco fueron cogiéndole el hilo y lo que les faltaba se lo preguntaban a las abuelas.

De esta manera, llegaron a tener verdadero conocimiento de cómo funcionaba la empresa bancaria y hasta se atrevían a plantearles preguntas, que a muchos no les gustaban. Las abuelas estaban encantadas con los nietos, pues se daban cuenta de lo inteligentes que eran y, además, el interés que ponían en ello.

Los accionistas, que al principio estaban encantados de que unos novatos entraran en el consejo de administración, no tardaron en darse cuenta de que eran un escollo, al no tener la misma libertad para aprobar las resoluciones sin tener oposición.

La pareja grababa las conversaciones del consejo y luego en casa se juntaban para analizar detenidamente todo lo que se había dicho y, de esta manera, comprobar que no se les escapaba nada. De esa forma, alcanzaron pleno conocimiento del funcionamiento.

19

La abuela Alicia cayó enferma de una neumonía y hubo que ingresarla en el hospital donde trabajaba Andrea, así la podría atender personalmente, ya que andaba por los ochenta y seis años y necesitaba unos cuidados intensivos.

La abuela Carla le andaba a la zaga, con sus ochenta y cuatro años, y la pobrecita no hacía más que preguntar por ella, porque no se atrevía a ir al hospital a verla. Estaba preocupada por si le faltaba, ya que era su única compañía y no sabría estar sola. El que más tiempo pasaba con ella era Alejandro, que trataba de estar el máximo tiempo con ella, consciente de que se veía sola sin la compañía de la otra.

Al último consejo de administración no asistió ninguno de ellos, debido a la gravedad de la abuela Alicia. La pobre no mejoraba, no respondía al tratamiento que le administraban debido a su avanzada edad y cada día iba perdiendo un poco de su fortaleza, hasta llegar a su fin.

La que más lo sintió fue la abuela Carla, ¡qué sería de ella tan sola! Pero no lo estaría, pues Andrea pidió una excedencia para hacerle compañía y que no se sintiese sola. La pobre mujer se abrazó a ella, dándole las gracias y llorando de alegría. Tampoco le faltaría la compañía de Alejandro, que estaba dispuesto a que no le faltase de nada. Cuánto agradecía haber encontrado a los nietos, si no, ¿qué sería de ella después de haber muerto su compañera?

La pobre abuela no sabía dar un paso sin la compañía de Andrea. Se sentía tan segura con su nieta que para ella era sus pies y sus manos. Era la única persona con la que podía hablar con plena confianza por ser mujer, y aunque Alejandro para ella era igual, no tenía la misma confianza por ser hombre, a pesar de que a los dos los quisiera por igual.

La abuela había rejuvenecido desde que estaba con ellos. Le encantaba que estuvieran los tres juntos a la hora de la comida y, sobre todo, ver a Alejandro cómo devoraba todo lo que le ponían. Después de la siesta, todas las tardes iban los tres a tomar el chocolate a la chocolatería de siempre.

La abuela Carla se sentía como nunca se había sentido. Estaba viviendo una vejez como jamás había soñado junto a sus dos nietos, y encima eran cariñosos e inteligentes, ¿qué más podía pedir?

Andrea y Alejandro fueron cogiendo el hilo de la empresa y cada vez eran mayores sus intervenciones, e incluso se atrevían a poner objeciones en algunos aspectos que no les gustaban. Eso no le agradaba al consejo, ya que siempre se habían aprobado todas las propuestas sin tener oposición. Los dos se dieron cuenta de que algo no funcionaba bien y que podía haber algo oculto que no acertaban a ver con claridad.

A partir de esas observaciones, les picó la curiosidad y se dedicaron a investigar datos atrasados. No tardaron en darse cuenta de que desde la muerte de los dos presidentes, las cosas habían cambiado radicalmente, aprovechando que las dos abuelas no estaban muy duchas en asuntos financieros.

Los sueldos de los altos cargos se habían triplicado y además de una forma blindada. También notaron que se estaban desviando fondos a algunas entidades que no pertenecían a la sociedad. Los dos nietos comprendieron que el asunto se les escapaba de las manos por su falta de conocimientos financieros.

Acordaron no comentar el asunto con la abuela Carla para no preocuparla. Tenían que recurrir a una persona de confianza y que fuera un experto en la materia, pero ¿a quién? Después de darle muchas vueltas, decidieron hablarle del tema al señor que en un principio les informó de la familia y que les parecía una persona sincera y que apreciaba los lazos familiares.

El señor Julián los recibió con mucha alegría, ya que se consideraba el benefactor de que encontraran a las abuelas. Con un poco de temor y muy por encima, los hermanos le contaron el caso para ver cómo reaccionaba. El señor Julián se dio cuenta al instante de la envergadura de lo que intentaban. Los miró a los dos de arriba abajo y les respondió:

—¡Chiquillos! ¿Vosotros os dais cuenta de dónde pensáis meteros? Esa es gente muy poderosa y os puede hacer mucho daño, pero si estáis dispuestos, os ayudaré.

Los dos pensaron que no hacían nada malo por investigar cómo se llevaba la empresa y así se lo hicieron saber al señor Julián.

—Tengo que deciros que ya lo han intentado otros y hoy están en la calle. Ya sé que ese no es vuestro caso, pero quiero que sepáis lo peligrosos que son esos ejecutivos. Y si a pesar de esto estáis dispuestos a intentarlo, no os preocupéis que conozco a la persona que os puede ayudar. Se trata de un sobrino mío que es un lince en esos menesteres y que conoce bien los entresijos de la empresa; lleva trabajando en ella más de ocho años.

Al día siguiente, quedaron en tener una entrevista con el muchacho en una cafetería después de las nueve de la noche, con el fin de que la abuela se hubiera acostado y no pudiera preguntar nada.

Después de explicarle a Fernando todo lo que hasta ahora habían averiguado, el chico les dijo que tenía conocimiento del manipuleo que se llevaban; sin embargo, también les avisó de que él no significaba nada y no podía declarar nada, pero que, si ellos como principales accionistas estaban dispuestos a apoyarlo, lo pondría todo patas arriba.

A partir de aquel momento, se veían todos los días discretamente y a las horas que tenían previstas para informarles de los pasos que tenían que dar. Debían ser lo más discretos posible.

En los siguientes consejos, la junta notó un cambio más relajado en los muchachos y eso les congratulaba, ya que pensaban que los chicos se habían dado cuenta de que no sabían nada de cómo funcionaba una empresa de esa envergadura.

La abuela Carla, ajena a los acontecimientos que estaban ocurriendo, disfrutaba con sus nietos dando sus paseos y tomando su chocolate por las tardes donde siempre.

20

Alejandro se había centrado en sus estudios de piano hasta el punto de que se pasaba el tiempo que tenía libre sin parar de tocar. Tal dominio había cogido del piano que el director del conservatorio le propuso dar un concierto en Lisboa con motivo de la celebración de la fiesta de la revolución de los claveles.

El día del concierto, la abuela se presentó dispuesta a asistir para ver a su nieto en su primer recital. A Andrea le pareció una idea maravillosa al ver que su abuela se encontraba fuerte y con ánimo para viajar. Harían el viaje en un avión privado, perteneciente a la empresa, y luego se quedarían unos días en Lisboa en la casita de ellos.

El concierto fue un exitazo, estuvieron más de diez minutos aplaudiendo, y Alejandro hizo subir al escenario a la abuela, que se abrazó a su nieto llorando de alegría y de felicidad. Todo se estaba desarrollando de la mejor manera posible. La abuela Carla quiso ir a algún sitio divertido para terminar la noche, pero Andrea le dijo que al día siguiente tenía cita con el cardiólogo y que en otro momento harían un viaje para enseñarle lo mejor de Lisboa; de esa manera, se quedó conforme.

Fernando seguía viéndose todos los días con los muchachos, sobre todo con Andrea, ya que Alejandro muchos días no podía asistir por motivos de trabajo.

Estas entrevistas iban creando un vínculo entre Andrea y Fernando hasta que, sin darse cuenta, sentían la necesidad de verse todos los días. Poco a poco, las conversaciones se fueron desviando de los temas a tratar y se iban centrando más en cosas que no venían a cuento, pero que les agradaban. Los dos se sentían atraídos y terminaron por no poder pasar el uno sin el otro.

Alejandro se alegró mucho de que fueran pareja. El muchacho le caía desde el primer momento muy bien y estaba contento de que su hermana tuviera compañía.

Un día, Andrea se atrevió a presentárselo a la abuela, a quien, al saber que era sobrino de Julián, le dio mucha alegría por ser una persona a la que consideraba de plena confianza para la familia.

Fernando fue acumulando datos y se iba dando cuenta de la envergadura del entramado que se llevaban entre manos los altos ejecutivos. Hacerle frente al problema no era fácil y no se podían permitir el lujo de fracasar. Llevar aquello adelante requería ser apoyado por alguna persona de peso político o de algún magistrado que fuera atrevido, puesto que algunos de los implicados pertenecían a la magistratura y sus tentáculos podían tirar abajo todo el trabajo.

A Andrea se le ocurrió la idea de tener una conversación con el administrador para que la informara de las relaciones que había entre la familia y los personajes de la política y la magistratura. Con mucha habilidad, Andrea fue sacándole todo lo que le interesaba para tener una buena información del personal de confianza de la familia.

Tras comentarle a Fernando todo lo que había conseguido con la conversación del administrador, eligieron al personaje que mejor podía ayudarlos y, para asegurarse de que estaban en lo cierto, se lo comentaron a su tío Julián, al que le pareció una idea estupenda.

El personaje que habían elegido era un señor entrado en los sesenta y siete años que había sido fiscal del Estado, ahora ya jubilado. La amistad le venía de sus padres, quienes fueron como familia suya.

Le informaron de lo que trataban y los pasos que habían dado por si les podía echar una mano. El fiscal les dijo que algo sabía de lo que estaba ocurriendo, pero que él no podía hacer nada porque no pertenecía a la sociedad. Sin embargo, tratándose de lo que era, los ayudaría, pero para eso tendrían que contratar a su hijo como abogado y a él como ayudante, para que legalmente pudieran poner los recursos necesarios con el fin de meterlos en la cárcel, ya que se trataba de personajes muy influyentes en la vida política y social.

Ese mismo día se pusieron manos a la obra, informando al abogado de todo lo que habían descubierto para que obrara en consecuencia.

Aparentemente, todo seguía funcionando con normalidad, pero la maquinaria se había puesto en marcha y no pararía hasta acabar con los estafadores. Obviamente, antes pidieron que procuraran que no se enterara la abuela para no hacerla sufrir y pudiera tener algún percance.

21

Alejandro se desentendió del problema al ver que a su hermana le sobraba capacidad para llevar sola el problema con la ayuda de Fernando, y se centró por entero en su música. Se hizo un cobertizo separado de la casa principal para poder tocar el piano a su antojo sin molestar a nadie, porque muchas veces se despertaba a media noche pensando en alguna nota que quería añadir y se ponía a hacerlo.

Poco a poco, la fama le iba subiendo. Empezaron a lloverle los conciertos, sobre todo en el norte de Europa y Rusia. Se pasaba largas temporadas fuera de casa y totalmente desconectado de los negocios de la familia. Todo el peso de la empresa recaía en Andrea y su compañero Fernando, que se habían hecho inseparables para poder llevar el control de los negocios sucios de los altos ejecutivos, con la ayuda del fiscal y su hijo.

La abuela veía cada día más acaramelados a su nieta y Fernando y le parecían una pareja de lo más maravillosa.

Se acercaba el día veinticinco, cumpleaños de Andrea, y la abuela le dio órdenes a su administrador de que comenzara los preparativos para hacerle una fiesta y, de paso, anunciar el futuro compromiso con Fernando. Andrea era ajena a los acontecimientos que se avecinaban y se pasaba el día recopilando datos de los bancos, tal y como se los iba pidiendo el abogado.

El administrador trataba de localizar a Alejandro mandado por la abuela, para que hiciera todo lo posible para estar el día del gran acontecimiento con la familia.

Alejandro se encontraba en Moscú dando una serie de conciertos cuando recibió la noticia y rápidamente dio órdenes a su apoderado para que hiciera una pausa en los conciertos para poder asistir a la fiesta de su hermana. Al apoderado le costó un triunfo convencer a los rusos del pequeño parón, pero por fin los pudo tranquilizar; al fin y al cabo, se trataba de solo una semana.

La fiesta fue de un altísimo nivel. Acudieron personajes representantes de los bancos, pertenecientes a la cadena en el extranjero. Todos estaban deseando conocer a la futura presidenta de la sociedad.

No faltaron las críticas de los socios por tener como representantes de la mayor empresa en el mundo de las finanzas a unos muchachos a los que nadie conocía, con un abogadillo financiero de poco renombre. Esa misma opinión que tenían de él le servía para poder indagar sin que nadie le tuviera en cuenta cuando hacía preguntas indiscretas.

Andrea puso al corriente a Alejandro de por dónde iban las cosas y este la animó para que siguiera hasta el final. Sentía no poder estar a su lado para ayudarla, pero en Moscú lo estaban esperando y no podía dejarlo por los compromisos firmados.

Alejandro siguió recopilando éxitos por toda Europa y ya se hablaba en todo el mundo de su fama. Andrea le compraba a la abuela las revistas especializadas en música para que viera los éxitos de su nieto, y se le saltaban las lágrimas a la pobre anciana por la suerte que había tenido con sus nietos.

Con los datos suficientes, el abogado puso la demanda para que empezara la maquinaria de la justicia a funcionar y poder meter en la cárcel a los que se estaban aprovechando de la falta de control de la empresa, llevándose el dinero a otro banco donde ellos eran los propietarios.

Sabían lo lenta que era en este país la justicia, pero al final vencerían. Estaban tranquilos y satisfechos por haber descubierto la trama que se llevaban entre manos, que hubiera tenido consecuencias irreparables de no haber estado atentos los dos nietos. Solo había que esperar a que todo se desarrollara.

22

Todo volvió a la vida normal. Daban largos paseos con la abuela y visitaban la chocolatería de siempre. Lo único que cambió fue la conversación de la abuela, que se centraba más en pensar en la unión de Andrea con Fernando; no quería morirse sin verlos casados.

Ellos le respondían con evasivas, pero sabían que no podían demorar mucho tiempo la boda. Esperarían a que Alejandro terminara la temporada de conciertos y después hablarían.

El abogado les comunicó que habían fijado las primeras declaraciones para el mes de mayo y que calculaba que acabarían para octubre; después empezaría el juicio.

A final de abril, Alejandro terminó la temporada de conciertos y regresó a casa. No se esperaba el recibimiento que le hicieron en la mansión. Se había movilizado todo el mundo para hacerle una fiesta como se merecía por los grandes éxitos que había cosechado como concertista de piano, así lo entendía la abuela. Habían acordado hacer una fiesta e invitar a grandes maestros de la música y autoridades de la política.

Alejandro, por su natural timidez, estaba abochornado, pero sabía que no podía evitarlo. Todo transcurrió como se esperaba y por fin en la casa volvió la normalidad.

Alejandro necesitaba descansar del ajetreo que había llevado en la campaña de conciertos y así se lo hizo saber a su hermana. Ella lo comprendió y le dijo que no se preocupara y que se fuera un tiempo a Lisboa a descansar en la casita, que cuando la boda estuviera próxima, se lo harían saber. Respecto a las investigaciones de la empresa, Fernando y ella se encargarían de todo.

Alejandro se quedó mucho más tranquilo sabiendo que su hermana sabría resolver los problemas que pudieran surgir.

Sin pensárselo más, Andrea y Fernando se pusieron manos a la obra con los preparativos de la boda. Estaba previsto que fuera una boda sonada, por tratarse de una nieta que había aparecido de la noche a la mañana y que encima sería multimillonaria.

No faltaron algunas críticas y hasta se atrevieron algunas revistas a hacer indagaciones de la veracidad de Andrea, pero todo quedó en meras suposiciones, ya que nada anormal habían averiguado.

23

Faltaba poco más de una semana para la boda y toda la gente de la mansión parecía como si se hubiera vuelto loca. Todo eran carreras para un lado y para otro, el servicio no sabía para dónde tirar… Aquello era un caos.

El mayor problema que se le planteaba a Andrea era la colocación de los invitados, pero la abuela la sacó del atasco diciéndole que iban a contratar a una persona experta en protocolo, así que problema resuelto. Para la pareja fue el mayor peso que se quitaban de encima, ya que ni Andrea ni Fernando dominaban esos asuntos.

Todo estaba preparado para la gran boda y, en contra de lo que se creía, la persona que más nerviosa estaba era la abuela. A su nieto le dio órdenes expresas de que no se moviera de su lado, con el fin de poder estar apoyada en su brazo; tenía miedo de que en cualquier momento pudiera desfallecer.

Todo en la boda se desarrolló según estaba previsto. El gran susto que tenían Andrea y la abuela había terminado y todo parecía un remanso de paz.

Alejandro se pasaba largas temporadas en la casita de Lisboa tratando de mejorar y escribiendo nuevas partituras. Se había desentendido por completo de los problemas de la empresa porque consideraba que Andrea y Fernando los solucionarían mucho mejor que él.

A la vuelta de su recorrido por Europa tras la boda, la pareja ya tenía que ponerse al frente del seguimiento de las declaraciones de los ejecutivos imputados.

El juicio fue mucho más duro de lo previsto. Los imputados disponían de abogados con mucha experiencia en el manejo del engaño y era difícil pillarles en alguna falsa, pero estos no contaban con el testimonio de algunos miembros del consejo de administración que sabían los chanchullos que se llevaban entre manos y que, por miedo a ser expulsados, se habían mantenido al margen del asunto.

El juicio terminó como estaba previsto: condenaron a cuatro de los ejecutivos a diez años de cárcel y a devolver el dinero que habían evadido. El consejo se remodeló y quedó como presidenta de la compañía Andrea, y como vicepresidente, Fernando.

La abuela era la que más contenta estaba por tener al frente de la compañía a sus dos nietos, porque así los consideraba.

No tardó mucho tiempo en que la abuela les dijera que a qué estaban esperando para traerle un bisnieto. Y el día de su ochenta y seis cumpleaños, le dieron la noticia de que esperaban un niño. La abuela saltaba de alegría al saber que no se iba a morir sin ver a su bisnieto.

Hicieron venir a Alejandro desde Lisboa para celebrar el acontecimiento entre la familia. Este se quedó con la duda de si lo que esperaba su hermana era en realidad un sobrino o un nieto, pero eso iría a la tumba con él.

LOS HIJOS DE LA NADA

Los hijos de la nada son aquellos niños que han nacido en casas cuna, unos centros donde acogen a madres solteras sin recursos económicos y que después de dar a luz la mayoría desaparecen sin dejar rastro.

Las casas cuna, la gran mayoría, son subvencionadas por los ayuntamientos o las comunidades autónomas; por lo tanto, actúan sin ánimo de lucro, o lo que es lo mismo, sin cobrar nada a las madres. Estos centros se hacen cargo de los niños intentando buscar familias que los adopten.

Simón fue uno de estos niños de la nada, ya que en el centro donde nació no quedaba constancia de quién era su madre; al día siguiente de dar a luz, desapareció sin dejar rastro.

Durante los primeros días de su vida, su misión era comer y dormir mientras su cerebro y el resto de sus órganos trabajaban a marchas forzadas para formarse. Mientras tanto, Simón andaba ajeno al mundo exterior y la primera vez que abrió los ojos, apenas pudo memorizar lo poco que veía, tan solo era capaz de ver las cuatro paredes y la puerta de la estancia donde estaba, pero a él eso no le decía nada. En cambio, sí llegó a comprender el llanto de algunos niños y nada más. Conforme su cerebro se iba desarrollando, fue asimilando cosas de las que veía en la sala donde estaba conviviendo con otros niños, como la limpieza y los biberones; pero lo que más le asustaba eran los gritos que las cuidadoras daban cuando alguno no quería comer o se hacía caca.

No tardaron mucho tiempo en trasladar a Simón a otra sala. El cambio fue a peor: de estar protegido en una especie de cajón pasó a estar sentado en una alfombra en el suelo, metido en un corralito junto con otros niños. No tardó en notar la diferencia, pues estaba acostumbrado a estar solo y ahora empezaba a estar junto a otros niños, que unos lloraban, otros se caían encima de él, que apenas se podía tener sentado, y otros no paraban de llorar. Y, por si fuera poco, las cuidadoras venían gritando y les daban algún zarandeo que otro. Al principio aquel sitio le parecía un infierno, pero con el tiempo se fue acostumbrando.

Simón, que de tonto no tenía nada, se dio cuenta de que haciéndole una sonrisa a la cuidadora cuando le daba el biberón o le limpiaba sus necesidades fisiológicas, ella se lo agradecía y lo trataba con más cariño.

Sin darse cuenta, Simón había alcanzado la edad de tres añitos y llegó a ser el niño favorito de las cuidadoras.

La vida en el centro no era fácil. Éramos muchos y la disciplina era bastante severa; al menor descuido, había un estirón de orejas. Las peleas entre nosotros eran muy frecuentes y detrás venían los azotes y los castigos acompañados de los gritos de las cuidadoras, a las que, dicho sea de paso, les teníamos más miedo que a los azotes.

Un día, sin motivo aparente, a media docena de nosotros entre chicas y chicos nos quitaron los babis y nos pusieron ropa nueva; era la primera vez que nos vestían de esa manera. Todos nos miramos sin saber el motivo de ese cambio. Nos lavaron, peinaron y pusieron un poco de colonia. Luego nos llevaron a un salón muy bonito donde nunca habíamos estado y nos pusieron en fila delante de unos señores que nos miraban con cara de quererse hacer los simpáticos. Cuchicheaban entre ellos y nosotros no entendíamos nada.

Después del desfile nos llevaron otra vez a la sala de siempre, nos quitaron la ropa y otra vez nos vistieron con los babis. No había pasado ni una hora cuando apareció una cuidadora y a una niña y a mí volvió a ponernos la ropa de gala. Las únicas palabras que pronunció fue que nos portáramos bien con los señores con los que íbamos a vivir. Raquel y yo nos miramos sin comprender nada de lo que estaba pasando, pero nos entró un miedo por el cuerpo y a punto estuvimos de ponernos a llorar.

Los dos agarraditos de la mano, nos llevaron para entregarnos a esos señores desconocidos. La jefa nos dijo que a partir de ahora viviríamos con esos señores, que a nosotros nos parecieron bastante mayores. La señora nos dio un beso y un abrazo, queriéndose hacer la simpática, pero a mí personalmente me pareció repugnante el olor tan fuerte a colonia. Por lo que pude apreciar, a Raquel le debió parecer lo mismo que a mí. Nos dijo unas palabras que ninguno de los dos entendimos, pero nos dimos cuenta de que la señora se esforzaba por hacerse la simpática. El señor nos miraba con mucha atención, como si buscara algún defecto, pero no despegó los labios. La jefa nos recalcó que nos portáramos bien, que ellos serían nuestros nuevos padres a partir de entonces. Nos cogieron de la mano y a partir de ese momento terminaría toda relación con el centro.

La vida en la nueva casa iba mejor de lo que nosotros esperábamos. Teníamos a una muchacha joven que nos trataba con mucho cariño y siempre estaba pendiente de nosotros.

A los señores don Salvador y doña Victoria, al principio, no los veíamos mucho y Sonia era la encargada de que no nos faltase nada, nos trataba con mucho cariño. Nos tenía dicho que para dirigirnos a ellos teníamos que llamarles papá y mamá, porque ellos ahora eran nuestros padres y eran gente muy buena.

Pasado un mes, nos llevaron a un colegio para que aprendiéramos. Todos los días después del desayuno Sonia nos llevaba y nos traía. No pasado mucho tiempo, mamá estaba mucho más en casa y era ella la que nos llevaba y traía. Un día nos dijo que había dejado el colegio para estar todo el tiempo con nosotros.

Sonia nos había contado que mamá era una cantante muy famosa y que se había retirado por estar con nosotros. A papá apenas lo veíamos. Desayunaba con nosotros y se iba al trabajo en el banco, dándonos un beso. A veces no venía en todo el día.

Mamá, la mayoría del tiempo que estaba en casa, se lo pasaba tocando el piano y canturreando algunas canciones. A mí me encantaba oírla, sobre todo tocar el piano. Me quedaba junto a ella sentado en la alfombra para oírla mucho mejor mientras Raquel se divertía con Sonia. Mamá estaba encantada de que yo la escuchara y le agradaba que me gustara su música. Cada vez que se ponía a tocar el piano, siempre que podía me ponía junto a ella.

Un día me preguntó si prefería estar escuchándola a estar jugando con mi hermana, y le dije que su música me gustaba mucho y me lo pasaba muy bien oyéndola cantar. Me dio un montón de besos y me dijo que tenía un amigo que era profesor de música y, si quería, podía llevarme para que aprendiera, así podría tocar el piano igual que ella. A mí me pareció una idea estupenda, me hacía mucha ilusión poder tocar el piano como mi mamá. Se lo comenté a Raquel y Sonia, y a las dos les pareció bien, aunque Raquel me confesó que lo de la música a ella no le iba mucho. Yo les dije que me gustaría algún día dar conciertos como los que hacía mamá, y Sonia me aseguró que a lo mejor podía llegar a ser tan famoso como había sido ella.

Recién cumplidos los cinco añitos, mamá me llevó a que conociera al que en adelante sería mi profesor de música. La academia estaba muy cerca de casa y mamá era la encargada de llevarme y traerme. Al principio aquellas letras de solfeo me parecieron rarísimas y muy difíciles de entender, pero poco a poco fui cogiéndoles el tranquillo y, después de un tiempo, me parecieron fáciles; lo difícil era luego saberlas interpretar correctamente.

A partir de aquel día, mi vida transcurría entre el colegio y la academia de música, tan solo tenía tiempo para jugar lo que duraba el recreo del colegio. Pero no me importaba, me sentía a gusto con lo que hacía.

El día de mi sexto cumpleaños, mamá me dejó que tocara el piano con partitura para que sus amigos vieran lo inteligente que era. Mi estatura era más bien bajita y apenas podía llegar a los pedales, y eso era motivo de risa para todos. Hacía esfuerzos para tocar las teclas, que a mí me parecían que estaban durísimas, pero en poco tiempo me resultó fácil manejarlo. Tan obsesionado estaba con la música que soñaba que estaba dando un concierto delante de un montón de gente.

Mamá no hacía más que contarle a papá lo inteligente que yo era y lo rápido que había aprendido a tocar el piano, pero a papá no parecía que le hiciese tanta ilusión y siempre estaba hablando de sus negocios. Cuando me cansaba de tocar, me reunía con Sonia y Raquel para jugar a alguna cosa que se le ocurría a Sonia. La verdad es que tuvimos mucha suerte de tener unos padres tan buenos y a una chica como Sonia, que nos quería mucho. Ella siempre estaba diciéndonos que nuestros padres eran muy buenos y que nos querían mucho, y que por eso debíamos corresponderles. Lo cierto era que mamá siempre estaba dándonos besos; papá era más frío, pero a veces nos dábamos cuenta de que nos miraba con ojos tiernos y cuando le dábamos un beso, sin poder evitarlo se le saltaba alguna lágrima.

Nosotros teníamos olvidado por completo el centro de donde veníamos. No nos quedaba ni el más mínimo recuerdo de dónde habíamos nacido. Sabíamos perfectamente que no éramos hermanos, pero para nosotros eso carecía de importancia.

Habían pasado trece años desde que salimos de aquel centro de acogida y no había quedado ni rastro de aquello. Llegó el fin de curso escolar y habíamos terminado con buenas notas, sobre todo Raquel, que tenía varios sobresalientes; yo las obtuve un poco más bajas, pero estaba justificado por los estudios que llevaba adelante. Mamá presumía de nosotros ante sus amigos por lo inteligentes que éramos.

Aprovechando unas vacaciones, mamá se había comprometido con unos amigos de cuando ella era famosa para que yo les diera un concierto. A mí me daba mucho miedo, pues apenas había cumplido los dieciséis años y nunca había tocado con gente que no conocía. Raquel se iba con unas amigas del colegio a un viaje por Italia organizado por el colegio y papá se marchaba a una convención de su trabajo, así que mamá organizó el viaje para Estocolmo, en Suecia.

Yo iba cagado de miedo por si con los nervios todo me salía mal y dejaba a mamá en ridículo, pero ella me animaba diciéndome que algún día tenía que soltarme y enfrentarme al público si quería ser un concertista. Sin embargo, el miedo no se me quitaba.

Una vez que llegamos a Estocolmo, nos recogieron en un lujoso coche y nos llevaron por una carretera por donde, a un lado y a otro, no se veía más que agua. Al llegar, unos señores vestidos muy elegantes nos abrieron una enorme puerta de hierro y el coche nos llevó por una corta carretera llena de árboles a los lados. La casa tenía aspecto de castillo muy bonito. Yo estaba sobrecogido y muerto de miedo, ya que no estaba acostumbrado a tratar con gente de esa clase. Entramos acompañados por un señor amigo de mamá, yo agarrado de su mano y con las mías sudorosas por el miedo.

Nos llevaron a una sala muy grande llena de gente lujosamente vestida que, al vernos, se puso en fila para saludarnos.

Mamá ya me había advertido de que tanto a las damas como a los señores les diera la mano, pero no podía evitar que me subieran los colores a la cara. Una vez acabados los saludos, pasamos a otra sala aún más grande si cabe, repleta de sillas alrededor y con una especie de escenario un poco en alto donde estaba el piano. Comprendí que era un sitio donde con frecuencia daban conciertos. En un rincón, había un bar repleto de botellas para después del concierto.

Tras dar las explicaciones de cómo habían pasado este tiempo sin su presencia, me propusieron que tocara algo para ellos. Mamá y yo ya habíamos ensayado algo de las piezas que iba a tocar, así que saqué de la carpeta unas cuantas partituras y empecé a tocar. Al principio me costaba concentrarme por los nervios, pero no tardé en normalizarme, el ritmo me tranquilizó. Toqué una y luego otra, y así hasta cinco de distintos compositores.

Cuando terminé, todo fueron elogios y besos por parte de las damas, y se pudo oír algún comentario de que yo era un prodigio de la música. Mamá me llenó de besos orgullosa por cómo la había hecho sentirse ante sus amistades de más renombre en el mundo de la música. Entre ellos estaba el embajador de Rusia, que se acercó a nosotros y le dijo a mi madre que en ningún caso podía faltar a la invitación que le hacía para dar un concierto en Moscú, porque la estaban echando mucho de menos desde que decidió retirarse, y de paso les haría una demostración la nueva promesa. Mamá se sintió muy orgullosa de que el embajador la invitara y, sobre todo, por haberse dirigido a mí, así que le dijo que no faltaría a su invitación.

Después de la vuelta a casa, Raquel y papá ya habían regresado de sus vacaciones. Mamá y papá decidieron irse una semana de viaje por Europa para relajarse del trabajo; nosotros no teníamos problemas, con Sonia y la cocinera nos arreglábamos estupendamente. Después de andar holgazaneando dos días, a Raquel se le ocurrió que, puesto que el único que no había tenido vacaciones era yo, por qué no nos íbamos unos días los dos por Andalucía. A mí no me pareció mal y le dijimos a Sonia que nos preparara las maletas para irnos unos días de vacaciones.

Nos faltaban dos días para cumplir los diecisiete años y nos considerábamos unos adultos. Raquel era tres días menor que yo y durante el viaje decidimos que cuando llegáramos al hotel, lo celebraríamos por todo lo alto.

Serían las seis de la tarde cuando llegamos a Sevilla. Nos instalamos en el hotel Triana por ser un hotel que nuestros padres ya conocían y del que hablaban muy bien. Elegimos una habitación doble para los dos, dejamos el equipaje y salimos a recorrer las calles de Sevilla. Estuvimos callejeando más de dos horas y tapeando todo lo que se nos antojaba, pero con el viaje y el poco dormir debido a los nervios, nos sentíamos cansados y decidimos irnos al hotel a descansar; ya tendríamos tiempo de conocer bien Sevilla.

Hacía mucho calor y lo primero que haríamos sería darnos una ducha. El primero que se metió en la ducha fui yo. Al terminar, me di cuenta de que no había cogido la muda y le dije a Raquel que por favor me la diera. Raquel, al dármela, no pudo evitar ver mis partes íntimas y, después de quedarse mirando unos segundos, se apartó un poco ruborizada. Yo me eché a reír y ella también. Después se metió ella a ducharse y, cuando terminó, descaradamente salió secándose a recoger su muda. Delante de mí se puso sus braguitas y los pechos se los dejó al aire. Luego se puso el pijama y la chaquetilla se la dejó a medio abrochar, alegando que hacía mucho calor. Yo me quedé tan solo con el *slip*, quejándome también del excesivo calor.

Nos sentamos en el sofá para ver un poco la televisión antes de irnos a la cama. Raquel me dijo:

—Nunca te había visto desnudo, ni tampoco a ningún chico.

—Anda, ni yo había visto a ninguna chica. Hasta ahora no me había fijado en cómo te han crecido los pechitos.

—¿Te gustan?

—Mucho, me parecen muy bonitos.

—Yo no pensaba que esto tuyo era tan grande.

—Pues cuando se excita se hace aún más grande.

—Pues el mío siempre lo veo igual.

—Porque eres diferente. Si me dejas que te toque los pechitos, verás cómo se pone de grande.

—Pues tócame para ver si yo también me excito.

Esa noche fue una noche de ensueño. Ninguno de los dos nos podíamos imaginar que hacer el amor pudiera darnos tanto placer y hacernos disfrutar tanto. Ya bien entrada la noche, nos quedamos extasiados y nos dormimos encima de las sábanas.

Rondaban las once y media de la mañana cuando Raquel empezó con mucho trabajo a abrir los ojos. Se encontraba totalmente desnuda y no llegaba a entender muy bien qué había ocurrido. Ella misma se quedó sorprendida de cómo había llegado a esa situación. Rápidamente, intentó taparse, pero no encontraba nada de su muda. Con mucho cuidado de no despertarme, fue buscando su ropa con mucho sigilo y salió de la cama para ir a ducharse con la muda en la mano. Yo seguía durmiendo y cuando ella terminó de vestirse, no tardé en despertarme con ojos de no saber dónde estaba. Raquel me miró con una sonrisa, pero no dijo nada. De repente, me di cuenta de que también estaba desnudo y traté de taparme con la sábana. No tardé en recordar lo que realmente había pasado y me quedé mirando a Raquel sin saber qué decir. Me levanté totalmente desnudo y, tranquilamente, me metí en la ducha. Otra vez tuvo que acercarme la muda Raquel, pero esta vez con mayor tranquilidad.

Ninguno pronunció palabra sobre lo sucedido por la noche. Nos fuimos a desayunar y volvimos a la habitación. Los dos nos sentamos en el sofá y nos miramos el uno al otro sin saber qué decir. El más atrevido fui yo, diciendo:

—¿Sabes lo que pienso? Que no tenemos por qué estar avergonzados por lo que hemos hecho.

Ella se quedó mirándome, esperaba que siguiera hablando; se sentía avergonzada y no sabía cómo salir de la situación. Seguí hablando:

—Te digo esto porque, aunque en teoría seamos hermanos, realmente no lo somos y yo me siento muy a gusto contigo.

—A mí me pasa lo mismo. Tú me gustas y me siento atraída por ti, pero ¿qué dirán mamá y papá cuando se enteren? ¿Y si después de lo que hemos hecho me quedara embarazada?, ¿qué sería de nosotros?

—Bueno, tendremos que ver la forma de resolverlo, eso sí que nos causaría un verdadero problema. Yo creo que lo mejor que podemos hacer es coger el tren, irnos a casa y hablar con Sonia, estoy seguro de que ella nos quiere mucho y sabrá sacarnos del apuro.

—¿Tú crees que ella sabrá cómo arreglarlo?

—Estoy seguro de ello, y nos defenderá para que no se enteren nuestros padres.

Nuestra llegada tan repentina a Sonia le pareció algo extraña, pero no nos dijo nada, esperó a que le diésemos una explicación. Cuando le contamos el motivo, Sonia se quedó pálida y empezó a dar gritos:

—¡Dios mío! ¡Dios mío, qué habéis hecho, criaturas!

Los dos nos quedamos mirándola como suplicando que nos diera una solución y esperando que lo comprendiera.

—Claro que lo comprendo, cómo no lo voy a comprender, ¿creéis que yo no he pasado por eso? Pero no he sido tan imprudente como vosotros. ¿Y ahora qué hacemos? Decidme qué tengo que hacer yo.

—Te pedimos por lo que más quieras que no se lo digas a mamá y papá, y dinos si tú sabes algún remedio por si estuviera embarazada.

—Suerte tenéis de que hoy haya remedio para estas cosas, que si no, muy mal lo ibais a pasar. Voy ahora mismo a la farmacia para comprar el remedio.

Los dos nos abrazamos a Sonia dándole besos y pidiéndole que no les dijese nada a nuestros padres.

—¿Cómo se lo voy a decir, criaturas? Si para mí sois como mis hijos. Espero que esto no vuelva a ocurrir. Si se enteraran, se armaría la gorda y la culpa sería mía por no estar más atenta.

Después de aquel incidente, todo se quedó en calma, pero esas cosas son difíciles de olvidar, sobre todo cuando se tiene esa edad en la que las hormonas están en plena efervescencia. Desde aquel día las miradas de ambos ya no eran las mismas, nos mirábamos con deseo. Sonia no tardó en darse cuenta y temía que cualquier día cometiéramos el error de volver a las andadas, pero qué podía hacer ella; ya había pasado por esos momentos y sabía lo difícil que era retenerse. De todas formas, le había advertido a Raquel que, si por casualidad volvíamos a cometer el mismo error, no se olvidara de tomarse la pastilla y que la guardara para que mamá no se la localizara. Raquel, gracias a eso, se sentía más segura de sí misma, pues había perdido el temor de poder quedarse embarazada.

Cuando mamá y papá se ausentaban para escuchar algún concierto, yo siempre daba alguna excusa alegando que andaba atrasado con los estudios; de esa manera, teníamos unas horas para estar solos. Sonia trataba de hacerse la disimulada, se ausentaba con la excusa de que estaba cansada y se iba a la cama, a sabiendas de lo que ocurriría cuando nos quedábamos solos. El tiempo que duraba el concierto nos lo pasábamos haciendo el amor, dando rienda suelta a nuestros sentimientos. Sonia trataba de que las habitaciones siempre se mantuvieran limpias para que no se dieran cuenta de lo que estaba pasando. Así fue pasando el tiempo sin ninguna dificultad hasta terminar el bachiller.

Raquel quiso estudiar Económicas, que era la materia que más le gustaba, y yo me dediqué a componer música y a dar los conciertos que me reclamaban. No tardé en hacerme famoso y ser conocido en todo el mundo como uno de los mejores compositores contemporáneos. Eso me obligaba a pasar mucho tiempo fuera de casa, echando mucho de menos a Raquel. La quería con locura y me era muy difícil estar sin ella. Sonia intentaba consolar a Raquel, pues sabía lo que los dos nos queríamos, y trataba de entretenerla como podía.

Raquel terminó sus estudios y su padre la empleó en el banco donde trabajaba. El tiempo que estaba trabajando se le hacía más llevadero.

El día que papá cumplió los sesenta y cinco años, decidimos celebrarlo en un lujoso hotel de Madrid, pero los dos nos negamos a asistir, alegando que solo había gente mayor y nos aburríamos. Nuestros padres lo comprendieron y nos dejaron solos. Y Sonia, para dejarnos el campo libre, nos dijo que se iba a acostar porque le dolía un poco la cabeza.

El tiempo que tuvimos libre estuvimos haciendo el amor hasta bien entrada la noche. Extasiados, cada uno nos fuimos a dormir a nuestro cuarto. Eran alrededor de las cinco de la mañana cuando llamaron a la puerta con mucha insistencia. Sonia se levantó un poco asustada por la hora que era, no acertaba a adivinar quién podía ser a esas horas de la madrugada. Miró por la mirilla y se quedó sorprendida al ver que se trataba de sus señores. Los dos traían una borrachera de campeonato y no fueron capaces de meter la llave en la cerradura; lo intentaron varias veces, pero la llave se negó a entrar. Apoyándose el uno en el otro, consiguieron echarse en la cama tal y como iban vestidos.

A la mañana siguiente, ninguno de los dos recordaba nada de lo sucedido, pero a pesar del dolor de cabeza a consecuencia de la resaca, se sentían contentos de haber disfrutado del momento y pensaron que a partir de entonces tendrían que darle un giro distinto a la vida. Se habían pasado más de la mitad de su vida trabajando y ya era hora de disfrutarla en compañía de sus hijos. Pensando en eso, a papá se le ocurrió que por qué no hacer un largo crucero por el mundo los cuatro. A su esposa le pareció una idea estupenda y decidió que nos lo diría cuando nos levantáramos.

Eran casi las doce cuando Raquel empezó a bajar por las escaleras con ojos de besugo y con cara de no haber dormido en toda la noche. Mamá le preguntó si se encontraba mal al ver la cara que tenía. Raquel, con una mueca que quería ser una sonrisa, le dijo que se encontraba perfectamente, pero que había pasado media noche leyendo un libro. A los cinco minutos, aparecí con la misma cara. Nuestros padres pensaron que quizás no dormimos bien pensando en la tardanza de ellos, pero no nos dijeron nada. Cuando les preguntamos cómo se lo habían pasado en la fiesta, se rieron a carcajada limpia.

—Mejor que no nos vierais, parecíamos unos zombis dando tumbos de un lado para otro.

Nos comentaron lo de hacer el crucero, pero les dijimos que era mejor que lo hiciesen los dos solos durante los pocos días que les quedaban de vacaciones. Nosotros, antes de incorporarnos al trabajo, trataríamos de pasar unos días en algún hotel de playa. A ellos no les pareció mal y prepararon los trámites en una agencia de viajes para el crucero. Pensamos que ocasiones como estas no tendríamos muchas para disfrutar, así que debíamos aprovecharlo a tope.

En el fondo, Sonia se alegraba de que sus chicos pudieran disfrutar todo lo que quisieran; al fin y al cabo, nos quería como si fuésemos sus hijos y deseaba que fuéramos felices.

Terminadas las vacaciones, Raquel se incorporó al trabajo en el banco y comenzó a prepararse el final de los estudios de Económicas. Cuando yo llegué a casa, me encontré un montón de correos pidiéndome conciertos en distintos sitios. De papá y mamá nada sabíamos; pensábamos que eso era buena señal, ya que se lo estarían pasando muy bien.

Todo parecía que marchaba muy bien. En tanto no venían nuestros padres, nosotros dos hacíamos vida matrimonial con el beneplácito de Sonia. Hacía doce días que se habían ido papá y mamá y seguíamos sin saber nada de ellos, pero ninguno de los tres estábamos preocupados, pues disponían de dinero suficiente y, a pesar de que el crucero era caro, ellos podían costeárselo.

A los pocos días, recibimos un telegrama de la embajada colombiana diciéndonos que nuestros padres habían sido secuestrados por la guerrilla y que tan pronto como tuviesen noticias, nos lo harían saber. Rápidamente, nos pusimos en contacto con la embajada colombiana para que nos dieran explicaciones del suceso, pero las únicas que recibimos fueron que debíamos esperar hasta que el Gobierno colombiano tuviera alguna noticia, ya que el ejército andaba buscando a las ocho personas a las que habían secuestrado.

La única información clara que recibimos fue por parte de la Guardia Civil: durante una de las excursiones que se habían hecho, la mitad de los excursionistas habían sido secuestrados con el fin de pedir dinero, pero eso solía ser frecuente y, después de algunas conversaciones, solían soltarlos sin mayor problema. Eso nos tranquilizó un poco y nos marchamos a casa a la espera de tener noticias.

Habían pasado más de dos meses y seguíamos sin tener noticias de ellos. Fueron pasando los días y nadie nos daba explicaciones de lo sucedido. Otra vez fuimos a preguntar y otra vez tuvimos que marcharnos sin ninguna noticia que nos tranquilizara. No tuvimos más remedio que esperar a recibir alguna información que nos dijese algo más convincente.

Esta situación nos tenía muy preocupados e intentamos presentarnos personalmente en Colombia para ver qué solución podía darnos el embajador español, pero este nos dio pocas esperanzas y nos confesó que eso podía durar varios meses. Hasta entonces todo lo que nos decían las autoridades colombianas eran divagaciones y nada concreto. El viaje de poco sirvió, pues nadie sabía nada cierto y todo eran promesas, aunque sacaron en claro a través de unos periodistas que no los había secuestrado la guerrilla, sino una de muchas bandas que se dedicaban a secuestrar a turistas para sacarles dinero. El Gobierno colombiano nos dijo que estaban haciendo todo lo posible por localizarlos y que tan pronto como supiesen algo, nos lo comunicarían.

Un poco desmoralizados, no tuvimos más remedio que regresar a España y esperar noticias. El tiempo pasaba y nadie nos decía nada, tan solo que no paraban de buscarlos, pero hasta ahora sin éxito.

Después de casi dos años de espera, habíamos perdido toda esperanza de encontrarlos con vida y fuimos acostumbrándonos a vivir sin ellos. Nos habituamos a hacer una vida de matrimonio, ya que nada nos lo impedía. Yo me dedicaba a cumplir con los compromisos de los conciertos que tenía contratados y Raquel a su trabajo en el banco, tratando de terminar sus estudios.

Un día se presentaron en la casa un señor y una señora muy elegantemente vestidos diciéndonos que eran tíos nuestros, que vivían en Suiza y que por eso no los conocíamos. Nos entregaron la documentación para dar crédito a lo que decían, dándonos toda clase de explicaciones de por qué no los habíamos visto nunca. Al parecer, las relaciones entre ellos no eran muy buenas y por eso no solían visitarse.

La visita no había sido por casualidad, sino que al enterarse de lo que les había ocurrido a papá y mamá, ellos les daban por muertos y, por tanto, sería hora de repartir la parte que les perteneciera.

Nos negamos a admitir que nuestros padres habían fallecido, puesto que nadie nos había confirmado su muerte, así que no había motivo para repartir ninguna herencia. Esta respuesta no les sentó muy bien y nos amenazaron con que pronto tendríamos noticias de su abogado.

Después de ese incidente, todo volvió a la normalidad y seguimos con la vida cotidiana. Aún no habían pasado dos meses cuando recibimos una carta certificada en la que se nos pedía que nos presentáramos ante notario para un asunto de la herencia de papá y mamá. Sonia sugirió que lo mejor sería que acudiéramos al abogado de la familia para que nos informara, y así lo hicimos. Él nos acompañó para asegurarse de que todo estaba en regla.

Después de las explicaciones del notario, la conclusión fue que la mitad de la mansión en la que vivíamos les pertenecía a nuestros tíos y que deberíamos arreglarlo de la mejor manera posible. Ellos exigieron que la casa la tasara un tasador profesional y que, a partir de ese momento, se decidiera si se quedaban con la casa. Tendríamos que darles el dinero de la mitad o, por el contrario, ellos se quedarían con la mansión. Aplazamos la reunión por un poco de tiempo hasta que decidiéramos qué era lo que íbamos a hacer, así lo acordamos, y nuestros tíos se marcharon la mar de contentos con el botín conseguido.

Tan pronto como tuve tiempo de tener unos días libres, nos reunimos los tres para ver qué decisión íbamos a tomar. El tiempo nos apremiaba, porque yo tenía unos compromisos que no podía eludir. Teníamos que tomar la decisión entre los tres, puesto que Sonia era parte de la familia; ella se negaba, pero no tuvo más remedio que ceder ante nuestra presión. La decisión fue tomada: les venderíamos la mitad de la casa a nuestros tíos y con el dinero nos compraríamos algo más acorde para nosotros no lejos del barrio donde vivíamos. Sonia no estaba de acuerdo, porque ella no se consideraba como de la familia y, por lo tanto, no podía participar como tal. Nos dijo que ella tan solo era una criada, pero no tardamos en regañarla por haber dicho eso:

—Tú aquí no eres ninguna criada, tú eres nuestra segunda madre, así que a mandar como madre.

Sonia se abrazó a nosotros llorando y nos dijo que era verdad, para ella éramos como sus propios hijos.

Me desentendí de la venta y compra de las casas y me dediqué a mi trabajo por entero. Las dos mujeres serían las encargadas de realizar todos los trámites. El tasador hizo la valoración de la mansión y el abogado de nuestros tíos fue el encargado de solucionar todos los trámites que eso conllevaba.

No tardaron en encontrar la vivienda que ellas deseaban y, tan pronto como pudimos, nos cambiamos de casa. En menos de dos semanas, ya teníamos el cambio de vivienda realizado y les entregamos la mansión a nuestros tíos.

La vivienda que habían elegido era lo suficiente amplia para los tres y aún quedaban dos habitaciones libres por si algún día aparecían mamá y papá. Todos los trajes de fiesta y de dar conciertos de mamá los habíamos guardado, después de haber llevado algunos de ellos al tinte, y los tenía en su armario como si fuesen nuevos. Lo mismo hicimos con los trajes de papá, a la espera de que un día pudieran presentarse. Ellas no perdían la esperanza de que algún día volvieran, a pesar del largo tiempo que había transcurrido.

Aprovechando el tiempo que le quedaba a Raquel del permiso para la mudanza, las dos se dedicaron a colocar cortinas y muebles adecuados para los tres. A Sonia le dejamos una gran habitación para que ella pudiera pasar el tiempo que quisiera contemplando la calle desde su balcón sentada en un cómodo sillón. Nosotros dos, definitivamente, nos instalamos en un cuarto haciendo vida de matrimonio consolidado. Sonia se había adaptado a la vida de madre y hasta se atrevía a darnos consejos como tal.

Después de mi larga temporada dando conciertos, decidí tomarme un largo tiempo de descanso junto a mi esposa. Pensaba si sería bueno tener un hijo, pues, al fin y al cabo, estábamos haciendo vida de matrimonio. Lo consultaría con Raquel y Sonia para ver qué opinión tenían ellas al respecto. No les pareció mal y nos pusimos manos a la obra.

No habían pasado más de dos meses cuando Raquel tuvo su primera falta y las dos se pusieron locas de contentas, pero eso podía traer algún problema de papeleo; no estábamos oficialmente casados y no sabíamos cómo se podría tratar. Decidimos hablar con nuestro abogado para consultarle la situación y, después de las explicaciones, nos dijo que era la primera vez que se le había presentado un caso como este y que lo consultaría para ver cómo resolverlo.

Aprovechando que yo estaba en casa, Raquel pidió unos días de vacaciones y nos fuimos a un balneario para relajarnos. Cuando volvimos a casa, teníamos una carta del abogado, en la que nos comunicaba que el asunto estaba resuelto, pues nos había hecho la documentación como pareja de hecho; de esa manera, no tendríamos ningún problema con la criatura. Los tres dimos saltos de alegría y lo celebramos cenando en un buen restaurante.

Con el tiempo cumplido, Raquel dio a luz una niña rubia con ojos verdes. Cuando la enfermera se la trajo limpia para que intentara darle el pecho, los tres nos quedamos mirándola y todos coincidimos en que la niña tenía los dedos de las manos demasiado largos. Nos echamos a reír pensando que sería una buena pianista como toda la familia.

Victoria fue creciendo y no se podía negar que llevaba los genes de su padre: si al padre le gustaba la música, a la niña aún más si cabe. Cuando yo tocaba el piano, ya estaba la niña junto a mí. Si su abuela hubiese tenido la oportunidad de verla, le hubiera dado una alegría enorme. El mismo día que Victoria cumplió los cinco años, hizo una demostración de sus cualidades para la música ante todos los amigos. A nosotros se nos caía la baba, estábamos orgullosos de tener una hija tan inteligente. A la segunda abuela se le saltaban las lágrimas. Después de que se fueran los invitados, Raquel nos reunió a los tres para decirnos que de nuevo estaba embarazada. La abracé comiéndomela a besos.

Después de que se normalizara todo, Raquel y yo tuvimos que dedicarnos cada uno a nuestro trabajo, pero a raíz de que se quedara embarazada, tuve que ir acortando los compromisos para no pasar tanto tiempo fuera de casa, dedicándome más a componer para otros músicos. De esa manera, ayudaría a Raquel en el cuidado de Victoria para que se le hiciese más tranquilo el embarazo; Sonia bastante tenía con atender la casa y cuidar de la niña. A Raquel no le pareció mal mi decisión; realmente, estaba un poco harta de que pasara tanto tiempo fuera de casa y, además, de esa manera criaríamos a nuestros hijos juntos.

Me quedaban tres conciertos importantes y, a partir de ese momento, tan solo me dedicaría a ello esporádicamente. En el último concierto en Estocolmo, donde di el primero junto a mi madre, anuncié mi despedida. Todos trataron de convencerme para que desistiera, pero me hice fuerte. Todos los asistentes se despidieron de mí dándome abrazos y haciéndome prometer que por lo menos una vez al año les daría la alegría de oírme tocar, y así se lo prometí.

En casa me sentía todo un padre de familia con mi hija y al lado de Raquel, que ya tenía la tripa un poco voluminosa. Quién me iba a decir que llegaríamos a esta situación el día que fuimos entregados a una familia desconocida. Nos sentíamos orgullosos de haber pertenecido a esa familia. Cuánto los echaba de menos, cuánto hubiéramos disfrutado todos juntos, pero el destino así lo había querido.

Raquel llevaba seis meses de embarazo y nos picó la curiosidad por saber si lo que venía era niño o niña, así que fuimos a la clínica para averiguarlo. El doctor nos informó de que se trataba de un niño y que se criaba en perfectas condiciones. Todos nos abrazamos contentos de que fuera niño, sobre todo Sonia, que se sentía como una verdadera abuela.

Un día andaba Sonia haciendo sus tareas de la casa, en tanto no se hacía la hora de recoger a Victoria, cuando sonó el timbre de la puerta. Le pareció un poco extraño, ya que no solíamos tener visitas, y menos a las once de la mañana. Por precaución, miró por la mirilla de la puerta y vio a dos personas extrañas. Con mucha cautela, abrió la puerta, se quedó mirándolas y solo pudo decir antes de caer redonda al suelo:

—Los señores.

Después de reanimarla, se quedó mirándolos como si hubiese visto al diablo.

—Sonia, somos nosotros.

Se abrazaron los tres llorando de alegría. Sonia no paraba de llorar, hasta que pudo tranquilizarse y les dijo:

—Ahora mismo estoy llamando a Raquel y a Simón.

Con los nervios deshechos, como pudo nos pidió que fuésemos a casa por un asunto urgente, y los dos, preocupados, acudimos volando para ver qué ocurría.

Sonia dio un grito:

—¡Pero si tengo que ir a por la niña, que se me hace tarde!

—Pero ¿qué niña?

—Victoria. Bueno, ya se lo explicarán ellos.

Los dos se quedaron con la boca abierta sin entender nada de lo que estaba pasando.

Sonia no tardó en volver con Victoria y lo primero que se le ocurrió decir fue:

—Estos son tus abuelos.

Los dos se quedaron mirándose el uno al otro sin comprender nada. Al poco aparecimos Raquel y yo, y al verlos nos quedamos paralizados sin saber qué decir.

—Bueno, ¿es que no nos vais a dar un beso?

Los dos nos abrazamos llorando, porque no nos podíamos creer lo que estábamos viendo. Raquel, con su barriga de ocho meses, no sabía por dónde empezar a darles explicaciones de lo que había ocurrido y, para relajarse, les dijo:

—Venid que os enseñe vuestro cuarto y de paso os cambiáis esas ropas tan cutres que lleváis. Después os daremos una explicación.

Los dos aparecieron con las ropas cambiadas, pero tanto a uno como a la otra les venían grandes por haber adelgazado muchísimo. La primera en empezar a hablar fue Raquel:

—Bueno, ¿cómo habéis dado con nosotros?

—No fue difícil. La embajada colombiana, después de sacarnos de la selva en que nos encontraron, nos entregó a la embajada española y ellos han sido los encargados de traernos hasta aquí. Bueno, mejor que no sepáis más de lo que hemos pasado, así no sufriréis. Y ahora explicadnos cómo habéis llevado todo este tiempo y explicadnos lo de los niños.

Raquel no sabía por dónde empezar, no sabía cómo se lo iban a tomar cuando les dijese que éramos matrimonio, pero no tenía más remedio que decírselo pasara lo que pasara. Sonia no quería perderse la reacción de nuestros padres, pues estaba dispuesta a dar la cara por nosotros si era necesario; al fin y al cabo, ella nos quería como si fuéramos hijos suyos.

—Mamá y papá, esperamos que seáis sensatos y comprendáis nuestra situación. Vosotros mejor que nadie sabéis que, a pesar de estar registrados como hermanos, no somos hermanos de sangre y de una manera natural nos hemos enamorado. Hemos llegado a ser pareja y a tener a esta preciosa niña que se llama Victoria y al que viene de camino. Tenéis que perdonarnos porque en ningún caso hemos pretendido haceros daño, pero esto no hemos podido evitarlo.

—No penséis que somos tontos, hace mucho tiempo que sabíamos que esto podía ocurrir. Por lo tanto, no tenéis por qué estar preocupados, somos lo suficientemente civilizados como para darnos cuenta de la situación por la que habéis pasado y lo entendemos perfectamente. Después de todo lo que hemos pasado en todo este tiempo, esto nos parece una cosa sin importancia, así que a partir de ahora seremos los abuelos de estos niños.

—Bueno, bueno, aquí hay que aclarar algo. Yo, que todo este tiempo he estado haciendo de madre y abuela, ¿qué pinto ahora?

—Bueno, Sonia, no tienes por qué preocuparte porque a partir de ahora se establecerá que los niños tendrán dos abuelas: abuela primera y abuela segunda.

—Eso me gusta. De esa forma nos repartiremos entre todos el cariño de los niños.

Papá y mamá agradecieron la suerte que habían tenido desde el día que decidieron adoptar a aquellos maravillosos niños que hoy habían formado una gran familia.

Desde aquel día, la vida les cambió de una manera que jamás hubieran imaginado. Todo se desarrollaba de forma diferente de como mamá y papá habían pensado, pues tras el tiempo que habían estado secuestrados, todo parecía distinto, ya que de no poder tener hijos, hoy se encontraban inmersos en una familia con nietos. El mundo les parecía que giraba de otra manera, habían perdido toda relación con sus amistades, nadie se acordaba de ellos, ni siquiera en los círculos de la buena música.

Casi seis años, en los que habían estado secuestrados en aquella horrible selva en unas condiciones infrahumanas, eran demasiado tiempo como para que, al volver, todo siguiera igual. Pensaron que tendría que pasar mucho tiempo para adaptarse a su nueva vida, pero no les importaba el cambio. Disfrutarían de una gran familia que les quería y harían todo lo posible por hacer que nos sintiéramos orgullosos de que hubieran regresado, dándonos todo el cariño posible.

Anexo

A veces la vida nos obliga a cosas que no deseamos y nos vemos impotentes para salvar el obstáculo, y aunque nos duela mucho, hacemos cosas que no debíamos hacer. Este es el caso de esas madres que, por unas circunstancias o por otras, caen en la desgracia de quedarse embarazadas y, sin saber a quién recurrir por falta de medios o por temor a los padres, en caso de que sean menores de edad, el único recurso que les queda son estas casas cuna.

Ese es el motivo por el que muchas o casi todas las madres que dan a luz en estos sitios tratan de no dejar rastro de ellas, aun a costa de su sufrimiento, pensando que su hijo tendrá una vida mejor y no será arrastrado por la miseria o, lo que es peor, por el rechazo de su propia familia.

Otra cosa es el trato y cuidado que se les da en esos centros, que no siempre es el más adecuado y en muchos casos sirven de mercadeo para el lucro de muchos desaprensivos, burlando las leyes que les obligan a que los niños sean educados para el mundo exterior como personas normales.

LA VIDA SECRETA DE LUIS

1

La homosexualidad ha sido perseguida desde tiempos inmemoriales, ya la Biblia la mencionaba. Los homosexuales han sido y siguen siendo perseguidos por la mayoría de los países, incluso por esos países a los que tanto se les llena la boca al confesarse democráticos. Aunque, eso sí, lo hacen de una forma disimulada, como rechazarlos en muchos trabajos. Las falsas creencias de las religiones se encargan de que eso se mantenga, aun a sabiendas de que muchos de esos religiosos son verdaderos profesionales de homosexualidad. Quizás eso sea debido a que el ser humano es hipócrita por naturaleza y no repara en criticar aquello que puede hacer daño a otro, a pesar de que está más que demostrado que se trata de una desviación de la naturaleza que ocurre hasta en los animales.

Luis era un niño diferente, no por tener algún defecto físico, sino porque su cerebro pensaba de una manera distinta a la mayoría. Mientras los niños jugaban a indios y vaqueros, él lo hacía con cocinitas y muñecas. Esto hacía pensar a su madre que Luisito era diferente, pero trataba de guardarlo en secreto para que su marido no se enterara. Ellos se consideraban muy religiosos, asesorados por el párroco don Julián, y sabían que la homosexualidad era una enfermedad muy difícil de curar. Agustina trataría por todos los medios de que nadie se enterara de que su hijo era homosexual.

Luis fue creciendo en ese ambiente sin ningún problema, pero, pasados los ocho años, empezó a notar que algo le pasaba y que sentía atracción por los niños cuando todos juntos se duchaban después de hacer la gimnasia en el colegio. Pensó que eso no debía ser normal, ya que él era un chico. Se daba cuenta de que con las chicas se encontraba a gusto jugando con sus juguetes y se sentía como una chica más. Eso era motivo de que muchos chicos se rieran de él y empezó a pensar que tenía un problema. Intentó corregirlo, pero le era imposible.

Conforme se iba haciendo mayor, sin poderlo evitar hacía ademanes impropios de un chico y todos los niños en el colegio se reían a escondidas. Esta actitud le hizo hacerse más hermético y alejarse de las compañías. En su casa se pasaba el tiempo encerrado en su habitación oyendo música y, si salía, siempre lo hacía con chicas. Su padre se dio cuenta y le dijo un día a Agustina:

—Oye, ¿te has dado cuenta de que Luisito siempre sale con chicas? A ver si nos va a salir un putero, eso sería un desprestigio para nosotros, que tenemos fama de ser muy religiosos.

—No te preocupes por eso, lo que ocurre es que es un chico muy sociable y se lleva muy bien con todos.

—Eso espero, si no tendré que llamarle la atención.

Un día Agustina sorprendió a Luisito poniéndose su ropa interior y pensó que tenía un grave problema con su hijo. Hablaría en secreto con el padre Julián para que le indicara qué podía hacer. Don Julián se quedó sorprendido por la noticia y le dijo:

—Ya notaba que hacía mucho tiempo que no se confesaba.

Agustina le hizo prometer a don Julián que no le diría nada a su marido para no tener un conflicto.

Luis cada día se encerraba más en sí mismo y trataba de evitar la presencia de su padre, pero Patricio se dio cuenta de que algo estaba pasando y volvió a hablar con Agustina.

—A este niño te digo que le pasa algo, y me da miedo que pueda tener una enfermedad rara. Deberías llevarlo a ese amigo psicólogo para que le eche un vistazo.

—Mañana le pediré una cita para que lo vea.

Luis se negaba a ir a ningún médico, pues él sabía perfectamente lo que le pasaba, había leído libros al respecto y sabía a qué atenerse, pero no tuvo más remedio que obedecer a su madre.

El psicólogo los recibió con mucha amabilidad por ser amigo de la familia e hizo entrar a la consulta a Luis. Después de casi una hora, salió Luis colorado como un pavo, y la madre se asustó.

—¿Qué te ha pasado, hijo, que estás tan colorado?

—Nada, mamá. Es que dentro hace mucho calor.

El médico hizo entrar a la madre para decirle que su hijo estaba sano y que no tenía ninguna enfermedad:

—Lo que le ocurre es que es homosexual y eso no es malo, tan solo que su cerebro piensa diferente a los otros. Hay mucha gente en esas condiciones y son personas que llevan una vida normal. —Le dio el informe médico y añadió—: No se preocupen por el muchacho, es una buena persona y no deben hacerle de menos por su condición sexual.

Cuando Agustina le dio a su marido el informe del psicólogo, este puso el grito en el cielo.

—¿Lo ves?, ya te decía yo que el niño tenía algo que no era normal.

Agustina trataba de calmarlo diciéndole que su amigo había dicho que eso no tenía importancia y que había muchas personas, tanto mujeres como hombres, de esa manera.

—¡Qué sabe ese mequetrefe si lleva cuatro días de médico! Hablaré con don Julián para ver qué se puede hacer.

Mientras sus padres discutían su problema, Luis se encerró en su cuarto sin parar de llorar pensando que era una escoria y un defecto de la naturaleza, y que mejor hubiera sido no haber nacido. Sería una desgracia para su familia, un ser despreciado por sus padres y quizás sería mejor quitarse la vida para no hacer sufrir a nadie al tener que soportar su desgracia de haber nacido así. Estas y otras muchas cosas peores le venían al pobre Luis a la cabeza. No quería ser una carga pesada para sus padres, sobre todo para su madre, que sabía que estaba sufriendo por la forma de pensar de su padre.

Después de la escena de su padre y sabiendo lo que pensaba don Julián por haberlo oído en algunas homilías, se esperaba lo peor.

Cuando Patricio le contó en confesión lo que le pasaba a su hijo, don Julián le aconsejó que lo mejor era llevar a su hijo a un monasterio a unos doscientos cincuenta kilómetros, que era el único sitio que él conocía donde curaban esa clase de enfermedades. Patricio, sin contar con la opinión de su esposa, autorizó a don Julián para que hiciese los trámites para llevarlo a dicho monasterio. Cuando Agustina se enteró, no paró de llorar porque sabía que perdía a su hijo para siempre.

Luis maldecía a su padre por no comprenderlo y llevarlo a un sitio sin saber a ciencia cierta qué podía pasarle.

Los veinte días que tardó en llegar la notificación de que el niño era admitido, tanto la madre como Luis los pasaron llorando, pero el padre mantenía su postura firme.

Llegó el día de la partida y aquello parecía un valle de lágrimas. Madre e hijo se abrazaron el uno al otro; Patricio, firme en sus propósitos, miraba para otro lado.

2

La llegada al monasterio se les hizo a los tres chiquillos muy larga y pesada y se pasaron el tiempo sin comentar nada de lo que les pasaba; se sentían avergonzados por su condición sexual.

Al principio, la estancia en el monasterio no les pareció mala. Andaban correteando, conociendo el monasterio, nadie se metía con ellos y la comida les parecía buena. Sin embargo, al tercer día les llamaron a la dirección para presentarles al que sería su tutor durante toda su estancia en el monasterio. El tutor era un hombre de unos treinta y ocho años y medía un metro ochenta y cinco de estatura. Les dijo que su nombre era don Pablo, pero que ellos le llamaran solo Pablo.

—De ahora en adelante, yo seré vuestro tutor y contaréis conmigo las veinticuatro horas del día. Yo seré vuestro único padre. Venid que os enseñe vuestra celda, que usaréis para dormir y estudiar. Aquí terminaréis vuestros estudios hasta llegar al bachiller, que será el fin de vuestra estancia. Aquí tenéis vuestra ropa y dos chándales. Mañana a las seis de la mañana iréis a misa; seguidamente, a desayunar; a continuación, asistiréis a las clases del padre Mateo, y a las cinco y media de la tarde estaréis en el pabellón de deportes para la gimnasia. Así será todos los días. Tan solo habrá un día de descanso, el domingo, para ir a misa. Cualquier queja o problema tenéis que preguntármelos a mí.

La celda que le habían asignado era bastante amplia con una mesa de escritorio y un aseo completo. Lo más pequeño era la ventana, que más bien era un ventanuco de no más de cincuenta por cincuenta con una reja; por lo demás, nada que objetar. El catre era relativamente cómodo para dormir y había un pequeño sillón que no estaba mal.

Las reglas en el monasterio eran muy estrictas y no cumplirlas era motivo de castigo. A partir del día siguiente, se levantaría a las seis de la mañana; después del aseo, iría a capilla para asistir a la misa diaria; a continuación, a desayunar para, seguidamente, presentarse al padre Mateo y seguir los estudios. Este le dijo:

—A las cinco de la tarde, te presentarás en mi celda para ir al pabellón de deportes a hacer gimnasia.

Al principio pensó que no era tan malo el monasterio, sino mucho mejor de lo que inicialmente pensaba.

En el pabellón se practicaban varios deportes y cada uno de los cuarenta y dos chicos que había escogía el deporte que mejor se le daba. Luis cogió baloncesto, que era el que solía practicar. Después de casi dos horas de deporte, los mandaban a todos a las duchas, que eran abiertas bajo una fila de alcachofas. El padre Pablo se quedaba de guardia para comprobar que todos se duchaban correctamente, pero en realidad para lo que se quedaba era para elegir al niño que más le gustaba con el fin de cumplir sus deseos. El elegido era llamado a su celda. Era tal el dominio que el padre Pablo tenía de los chiquillos que eran incapaces de negarse a sus caprichos, e incluso de vez en cuando solía invitar al padre Antonio, un chico joven de no más de treinta años, para que disfrutara con ellos.

Al tercer día cogió a Luis. Al principio no sabía para qué le hacía llamar. Cuando le mandó desnudarse, pensó que se lo pedía para explorarle por si tenía alguna enfermedad, pero no tardó en darse cuenta del motivo. Luis se negaba, lloraba y gritaba pidiendo ayuda, pero no tardó en comprender que nadie acudiría.

Toda la noche la pasó llorando, ¿a dónde lo habían llevado? Aquello era el infierno, ya no volvería a ser el mismo, no podría mirar a la cara a nadie. Él era un niño degenerado, así se lo había oído decir varias veces a su padre, a quien maldecía, y sobre todo al párroco don Julián. No volvería a pisar una iglesia.

En un primer momento, se apartaba de los demás chicos por vergüenza, pues creía que se le notaba que lo habían violado, pero pronto entendió que eso era moneda corriente y que era raro que no cogiese a alguno para divertirse. Eso le hizo sentirse más tranquilo, sabiendo que no había sido solo a él. Comenzó a entablar conversación con otros muchachos que sabía que habían pasado por lo mismo.

Hacía más de un año que Luis no sabía nada de sus padres. Las normas eran que no habría comunicación hasta no darles de alta como curados, que solía coincidir con el final de los estudios de bachillerato. Deseaba decirles que lo sacaran del infierno en el que estaba metido, pero eso le era imposible. Todo lo tenían atado y bien atado para sus propósitos, dominados principalmente por el padre Pablo. El prior, el padre Santiago, de bastante edad, dejaba llevar la dirección del monasterio al padre Pablo.

Luis buscaba la forma de poder defenderse del infierno que estaba pasando con el padre Pablo, pero comprendía que hacerlo solo era imposible; tendría que buscar ayuda. Trató de entablar amistad con dos chicos que en algún momento habían hablado de su situación y era muy parecida a la suya. Uno de los días, cuando estaban juntos, Luis entró de lleno en el asunto y les dijo que tenían que encontrar la forma de enfrentarse al padre Pablo. Los dos pensaron que sería bueno hacerle frente, pero la manera de hacerlo no era fácil. No tenían la posibilidad de poderlo denunciar a sus superiores, ya que no los creerían y encima serían castigados. Tampoco tenían la posibilidad de escaparse del monasterio, puesto que estaba situado en medio de un desierto sin ninguna casa cercana. La única salida que tenían era unirse los tres y negarse a ir a la celda, pasara lo que pasara. Fue una decisión unánime, se enfrentarían y soportarían cualquier castigo que les impusiera. Así hicieron los tres el juramento.

El padre Pablo, ajeno a lo que los tres habían acordado, fue llamando uno a uno y los tres se negaron rotundamente. Don Pablo comprendió lo que estaba pasando y se dio cuenta de que eso podía desembocar en una negativa general, lo que supondría el fin de sus caprichos. Pensó que lo mejor sería darles un castigo ejemplar para cortar la sublevación, así que los llamó a su celda y les dio a cada uno cincuenta latigazos, dejándoles la espalda hecha una criba sangrando. Les prohibió que volvieran al pabellón de deportes y les exigió que se presentaran en la cocina a las órdenes del padre Custodio.

Ahí terminarían las relaciones con el padre Pablo. Ellos se dieron por contentos a pesar del grave castigo que habían recibido. El padre Pablo trató de que fueran incomunicados para que los demás chicos no se enteraran de los motivos por los que habían sido castigados.

El padre Custodio debía andar por los setenta años, estaba un poco encorvado y tenía cara de enfermo, pero a los muchachos les pareció un hombre bueno y amable. Él era el único encargado de hacer la comida para todos y, por su edad, se las veía y se las deseaba para atenderlos. Mandarle a los chicos pensó que era lo mejor que se le podía haber ocurrido, ya que los necesitaba como agua de mayo. El pobre hombre ya no tenía fuerzas para llevar tanta carga y, además, se encontraba enfermo.

Cuando el pobre hombre vio el estado en el que se encontraban los chicos, se asustó al ver la crueldad del padre Pablo. Sabía que era una mala persona y que abusaba de los niños, pero no pensaba que llegara su maldad a tal extremo. Los curó con mucho cuidado y en poco tiempo se recuperaron; la carne joven cura rápidamente. Los muchachos se lo agradecieron y no le permitían que hiciese nada en la cocina que no fuese guisar, pues todo lo demás se encargarían ellos de hacerlo. El pobre hombre se lo agradeció, ya que no se encontraba con fuerzas.

Los muchachos estaban encantados del trabajo asignado y se atrevían a hacer algunos guisos bajo el mandato del padre Custodio.

Las clases no marchaban bien desde que el padre Pablo los había separado de los demás chiquillos y eran castigados a repetir los ejercicios por cualquier motivo sin importancia. Sin embargo, estaban mentalizados para soportar todo lo que les viniera encima. Ellos se sentían unos privilegiados con el castigo que el padre Pablo les había asignado en la cocina, ya que el padre Custodio los trataba como si fueran hijos suyos.

Pasado un largo tiempo, el padre Pablo los volvió a llamar para decirles que el castigo lo consideraba suficiente y que podían volver a llevar la vida de antes. Ellos se negaron a volver a ir a su celda y estaban dispuestos a soportar otra vez el castigo. Tanta rabia le dio que, dando un puñetazo en la mesa, mandó al acompañante en la oficina que los atara a la reja y les diera treinta latigazos, dejándoles las espaldas sangrando. Acto seguido, le dijo que los soltara y que se marcharan a la cocina hasta fin de curso.

Otra vez el padre Custodio tuvo que curar las grandes heridas que les había dejado el cruel padre Pablo. Después de la larga curación, que duró más de un mes, no pudieron asistir a clase. El padre Pablo alegó que el castigo que habían recibido lo tenían bien merecido por incurrir por segunda vez en el mismo error, sin explicar el motivo.

Una vez más, los chicos se incorporaron a los quehaceres de la cocina, donde el padre Custodio apenas intervenía, ya que eran capaces de guisar casi mejor que él. La grave enfermedad no le permitía hacer muchas cosas por los dolores que a veces padecía. Los muchachos en algún momento llamaban al padre Agustín, que ejercía como médico, para que hiciese algo para que no sufriera, pero la respuesta siempre era la misma: lo que él tenía no tenía cura y seguiría padeciendo hasta su muerte.

Era el cuarenta cumpleaños del padre Pablo y, como jefe supremo, gozaba de mucha popularidad por parte de los hermanos, así que quisieron hacerle una gran fiesta. El padre Custodio quiso sumarse a esa fiesta haciéndole una comida que sabía que le gustaba mucho; era una especie de sopa con varias hierbas y algo de tomate.

La fiesta fue celebrada por todos los hermanos. Ninguno de los chicos asistió a ella, pero eso les venía bien a los hermanos para dar rienda suelta a sus orgías y borracheras después de una suculenta comida hecha por el padre Custodio con la ayuda de los muchachos; la comida del padre Pablo la hizo exclusivamente el padre Custodio.

Pasada la medianoche, se armó un alboroto y un griterío en los comedores. Corrían de un lado para otro tratando de parar la hemorragia del padre Pablo, pero les fue imposible y falleció. El padre Agustín diagnosticó que la hemorragia había sido producida por una úlcera de estómago.

Cuando los muchachos llegaron a la cocina para darle la noticia al padre Custodio, se lo encontraron tumbado en su camastro con muy mala cara. Se asustaron y llamaron rápidamente al padre Agustín para que hiciese algo, pero les dijo que el pobre hombre tenía las horas contadas. Los muchachos se pusieron a llorar, era la única persona que habían encontrado en el monasterio que los había tratado bien.

Esa misma noche se quedaron cuidando de él hasta su muerte. Poco antes de morir, le dijeron que el padre Pablo había muerto de una hemorragia, y con mucho esfuerzo les contestó que había recibido el castigo que merecía y pidió a Dios que no le castigara por lo que había hecho, muriendo en ese instante con una sonrisa en la boca.

Nadie se preocupó por la muerte del pobre hombre y los únicos que asistieron a su enterramiento fueron los tres muchachos, que le pusieron una cruz hecha por ellos mismos con su nombre. Por el contrario, el padre Pablo fue enterrado con todos los honores y le hicieron una misa dedicada a él como el mejor padre del monasterio.

No había pasado una semana cuando vinieron dos monjes para ocupar las vacantes y no tardaron en empezar a cometer los mismos abusos que sus compañeros.

Los tres muchachos se quedaron de ayudantes en la cocina para que no se levantaran las mismas polémicas que con el padre Pablo. Seguirían asistiendo a clase, pero ahora con menos presión al no estar el padre Pablo hostigándolos. En las clases de gimnasia no tuvieron problemas, nadie se metía con ellos; sabían que podían volver los problemas y era mejor dejarlos en paz.

Era el último curso de bachiller y ahí terminaría la estancia en el monasterio, dando por finalizado el proceso de curación de las desviaciones sexuales de los niños, según su criterio. Pero la realidad era que el monasterio, con el cuento de las curaciones de las personas que pensaban diferente, suponía una buena fuente de ingresos y disfrute de las perversiones de los monjes.

Luis, con casi dieciséis años, tenía una forma de pensar muy diferente a la que tenía cuando llegó, igual que sus amigos. El mundo lo veían de otra manera a la que en un principio creían, se daban cuenta de la realidad y la hipocresía de los seres humanos, de su forma de defenderse, y despreciaban esa forma de vida. Eso les hizo pensar de qué forma podían luchar contra esa clase de personas que tanto daño hacían a otros por ser de una manera distinta. No obstante, tenían un obstáculo que tendrían que salvar primero, y era el de hacer entender a sus padres que eran diferentes a los demás y se trataba de una desviación de la naturaleza.

Este fue el tema de conversación de los tres para cuando salieran. Tenían que pensar en buscar la mejor fórmula para solucionarlo de manera que no rompieran las relaciones con los padres, hasta hacerles comprender que ellos no tenían la culpa de haber nacido distintos.

3

Luis, una de las tardes que solían estar de tertulia hablando del asunto que más les preocupaba, les dijo:

—Yo creo que la mejor solución, después de darle muchas vueltas al asunto, es la siguiente. —Antonio y Aurelio se quedaron muy atentos para escuchar lo que Luis había pensado, pues para ellos encontrar la solución era lo que más les preocupaba—. Creo que la mejor solución sería convivir con nuestros padres como si no hubiese pasado nada. Ellos pensarán que estamos curados y así se lo haremos entender, disimulándolo de la mejor manera. Les diremos lo que muchas veces hemos hablado, que vosotros estudiaréis Periodismo, como habíais pensado, y yo Derecho. Una vez alcanzada la mayoría de edad, podríamos intentar trabajar en lo que fuese y seguir hasta terminar los estudios. De esa manera, nos dedicaremos con todas nuestras fuerzas a la defensa de los chicos y chicas que están pasando por lo que nosotros, hasta conseguir que una gran mayoría de gente sea capaz de entender que no todos nacemos iguales y que la naturaleza también tiene sus defectos.

Tras las aclaraciones de Luis, Antonio y Aurelio se quedaron con cara de satisfacción, al ver la posibilidad de salir del atolladero en el que se encontraban. Aurelio, más decidido, afirmó:

—Convivir con los padres es una tarea difícil, pero es posible que lo consigamos. Tendremos que esforzarnos mucho para que nuestros padres no se den cuenta de que no hemos cambiado nada, pero debemos confiar en que lo conseguiremos.

Llegó el momento de tener que marcharse y salir de aquel infierno en el que los habían metido sus padres. Llamaron a cinco de los que habían terminado para darles las notas y llamar a los padres para que viniesen a recogerlos, no sin antes darles las debidas recomendaciones para mantenerse como hasta ahora.

Pasados casi tres años, lo habían conseguido, aunque con mucho esfuerzo, debido a que hasta la misma voz les delataba. Lo que más trabajo les había costado fue conseguir corregir los ademanes que sin darse cuenta les salía.

Tal como lo tenían pensado, se fueron a vivir a un apartamento lejos de donde vivían los padres para tener la menor relación posible con ellos. Las únicas personas que se atrevían a hacerles una visita, muy de tarde en tarde, eran las madres. Con una llamada de vez en cuando era suficiente para saber si se encontraban bien o necesitaban algo de ellos.

Se dedicaron de lleno a los estudios y a su preparación para la defensa de todos los que pasaban por el calvario que ellos habían pasado y tratar de erradicar la hipocresía y el abuso de los que tenían poder.

No pasó mucho tiempo y montaron su propio bufete. En poco tiempo, no les faltó trabajo. A pesar de que la vida y la mentalidad de las personas había cambiado, no dejaba de haber personas, e incluso religiosos de alto nivel, que pensaban que la homosexualidad era una enfermedad y degenerados que se dedicaban al abuso de menores, abuso que en lugar de ir desapareciendo, iba creciendo y, mientras tanto, sufriendo el desamparo de las autoridades.

Sobre el autor

Manuel Abad Vera nació en Archena (Murcia) en 1939 y es técnico en Métodos y Tiempos y Sistemas de Incentivos. Ya jubilado, dedica buena parte de su tiempo a la escritura, principalmente a la narrativa y la poesía popular. A través de sus escritos, de estilo sencillo y tono romántico, Manuel pone a disposición de los lectores algunas de las experiencias vividas durante su estancia en el extranjero o en ciudades como Madrid, Valencia y Murcia.

www.ingramcontent.com/pod-product-compliance
Lightning Source LLC
Chambersburg PA
CBHW020126180726
47992CB00020B/2512